설레는 건 많을수록 좋아

설레는 건
많을수록 좋아

여락이들 가고
김옥선이 쓰다

상상출판

내 인생을 바꾼 아빠,
잘 가

누구나 한 번쯤 인생을 뒤흔들 터닝 포인트를 만난다. 예상치 못하게 은근슬쩍 다가오든, 머리를 맞은 것처럼 갑자기 찾아오든, 어떤 방법으로든 말이다. 누군가 백번 말해 주는 것보다 자신이 진심으로 느끼는 한 방이 훨씬 강력하기 때문에 인생에 터닝 포인트는 꼭 필요하다고 생각한다. 나는 그런 터닝 포인트가 정말 많았다. 소소한 것부터 충격적인 것까지 언제나 예기치 못할 때 찾아왔다. 소소한 터닝 포인트는 어렸을 때 창밖으로 던지고 잃어버린 척했던 구몬 학습지를 선생님이 주워 왔을 때였다. 거짓말을 하다 걸리면 죽도록 무서우니 앞으로 하지 말아야겠다 다짐했다. 충격적인 터닝 포인트는 아빠의 죽음이었다. 아빠의 죽음은 내 인생에 가장 커다란 영향을 끼쳤다. 살면서 만난 첫 죽음이자 이별이었다. 처음 겪은 큰 이별은 내 생각과 가치관을 바꿔 놓았다.

아직도 생생한 그날은 고등학교 1학년 6월이었다. 엄마가 차려 준 아침밥을 먹고 신발장에서 아빠의 배웅을 받고 학교에서 친구들과 놀다가 수업을 들었다. 여기까지는 평범한 일상이었다. 하지만 2교시가 시작되자마자 담임 선생님이 심각한 표정으로 나를 불렀다.

"옥선이 나와 보렴."

학교에 온 지 2시간 만이었다. 나를 갑자기 왜 부르시지? 최근에 야자를 빼고 논 적이 있었나 생각하며 친구들의 시선을 고스란히 받은 채 선생님을 따라갔다. 그리고 아빠가 돌아가셨다는 말을 들었다. 이게 웬 뚱딴지같은 소리인가 싶었다.

'아빠가 왜? 나랑 좀 전에 인사했는데?'

아빠는 평소에 자주 아프지도 않았고, 지병이 있지도 않았다. 불과 2시간 전에 나랑 멀쩡하게 이야기까지 했는데 갑자기 돌아가셨다니 이해가 되지 않았다. 다른 아이랑 착각한 게 아닐까 싶었다. 몸이 덜덜 떨렸다. 돈도 없으면서 선생님이 말해 주신 병원으로 택시를 타고 갔다. 택시 안에서 핸드폰을 몇 번이나 껐다 켰다. 전화 0건, 문자 0건. 아무 일도 없는 게 맞는지 확인하고 싶은데 그 누구에게도 전화해 볼 용기가 나지 않았다. 사실일까 봐 무서웠다. 택시 기사님이 백미러로 나를 힐금힐금 보다가 왜 그렇게 우냐고 물었다. 뭐라고 대답해야 할지 몰랐다. 택시에서 내려 마주친 사람은 사촌 언니였다. 언니가 나를 붙잡고 울었다. 언니에게 회사는 어쩌고 왜 여기에 있는지, 왜 울고 있는지, 나를 왜 병원이 아닌 장례식장으로 데려가는지 묻고 싶은 것이 많았다. 하지만 입 밖으로 한마디도 나오지 않았다. 장례식장에서 지금까지 본 적 없는 엄마의 모습을 봤다. 아빠의 영정 사진도 봤다. 그 후 그곳에서 어떻게 시간이 지나갔는지는 굳이 떠올리고 싶지 않다. 상복은 거칠었고, 상주는 꽤나 체력이 많이 요구되었다. 3일 내내 너무 피곤했기에 아빠 생각은 많이 나지 않았다. 아빠 생각은 집에 돌아오고 난 후에 몰아치기 시작했다. 늘 아빠 얼굴에 올려져 있던 안경이 식탁에 있는 걸 보자 현실이 쓰나미처럼 나를 덮쳤다. 그중 나를 가장 고통스럽게 하는 건 '아빠는 행복했을까?'라는 질문이 계속 떠오르는 것이었다.

아빠는 행복하게 살다 갔을까? 후회하진 않을까?

살아생전 아빠는 늘 나중에 즐기면 된다고 말했다. 오빠 군대 제대하고, 내가 대학에 가고, 너희들이 결혼하면, 나중에 정년 퇴임하면, 손주들 안으면, 나중에 준비가 다 되면, 나중에. 나중은 없고 완벽한 준비란 없다. 그저 미완성된 오늘이 반복될 뿐이다. 식탁에 놓인 아빠의 안경을 보면서 내 삶의 방향을 정했다. 후회 없는 삶을 살겠다고.

목차

2장. 지구 한 바퀴

3장. **다시 한국**

더티

" 내 인생 너무 소중해! "

행여나 다칠까 청춘을
똘똘 뭉쳐 다니는 폭죽놀이 세트

그래쓰

"아끼다 똥 된다!"

가장 예쁠 나이에
모든 걸 터트리는 불꽃

1장
한국

너 하고 싶은 대로 살아

사람은 망각의 동물이라는 말이 있다. 망각은 나쁜 게 아니다. 잊어버릴 수 있어서 고통에서도 벗어날 수 있다. 아빠가 돌아가시고 2년이 지난 고등학교 3학년, 부끄럽지 않은 딸이 되겠다고 당당하게 다짐했던 공부 의욕은 나의 본능을 이기지 못했다. '도대체 공부는 왜 해야 하는 거지?' 아무도 나의 근본적인 질문에 시원한 답변을 주지 못했다.

국어? 국어는 그냥 글 읽는 거라 치고.
수학? 돈 계산만 할 줄 알면 되는 거 아냐? 미적분 따위가 일상에 왜 필요해?

영어? 한국인인데 내가 왜 미국 말을 배워야 해?

과학? 별자리를 내가 왜 외워야 하는데?

사회? 나 정치 안 할 건데?

안일한 생각의 결과, 성적표에는 항상 5등급이 찍혔다. 부끄럽지는 않았다. 내 주변에는 항상 친구들이 있었기 때문이다. 친구들과 장난치고 매점에서 아이스크림 하나 사 먹는 것만으로도 충분히 재밌었다. 그러다가 고3이 되었다. 이렇게 깔깔거리며 평생 함께 지낼 것 같았던 친구들도 하나둘 책상 앞으로 갔다. 고3 교실의 공부 열기는 고2 때와는 확연히 달랐다. 쉬는 시간마다 떠들던 친구들이 없어졌다. 조용히 퍼지는 연필 소리에 현재의 즐거움만 좇던 나도 슬그머니 겁이 났다. 슬슬 대학교 진학을 고민해야 했다. 대학교에 간다면 무슨 과에 가지? 날 받아 줄 곳이 있을까?

"넌 뭐 하면 재밌는데?"

진로를 고민하는 나에게 친구가 물었다.

"내가 좋아하는 것은 먹고 노는 거지. 근데 그런 직업은 없잖아. 아! 나 사람 만나는 거 좋아해. 새로운 사람 만나는 것도 좋

아. 누군가에게 이벤트처럼 무언가 해 주는 것도 좋아. 새로운 걸 시도하는 것도 좋아. 여행을 좋아하니까 여행이랑 관련된 거면 재밌지 않을까? 여행과 관련된 직업이 뭐가 있는지 찾아봐야겠다."

　처음으로 여행 업종을 찾아봤다. 나름 나와 어울릴 만한 업종을 생각하며 골랐더니 다섯 손가락 안으로 추려졌다. 첫째, 여행 가이드. 가이드는 한 나라에만 있어야 해서 싫다. 둘째, 스튜어디스. 키에서 탈락. 셋째, 여행사 직원. 이건 사람들을 여행 보내 주는 거지 내가 여행하는 게 아니라 싫다. 여기저기 여행을 많이 다니고, 외국인을 많이 만나지만 외국어 공부에 연연할 필요 없는 그런 여행과 관련된 직업이 있을까.

　당시 텔레비전에 '요섹남'이라는 용어가 슬금슬금 나오기 시작했다. '요리 잘하는 섹시한 남자'라는 뜻으로, 한국인뿐만 아니라 요리를 잘하는 외국인들이 앞치마를 입고 음식을 만들며 이야기하는 프로그램이 등장했다. 이거다 싶었다. 세계 각지에서 그 나라 음식을 먹고, 누군가에게 요리를 해 주면 행복할 것 같았다. 무엇보다 요리는 맛으로 이야기하기 때문에 외국어 공부를 엄청 열심히 할 필요는 없다고 생각했다. 요리에 마음이 생기자 불도저처럼 요리에 모든 의지를 쏟았다.

"엄마, 나 요리할래."
"엄마, 나 방과 후 수업 시간에 요리 학원 보내 줄 수 있어?"
"엄마, 이거 내가 만든 건데 먹어 봐."
"엄마, 나 서울에서 요리 배우고 싶어."

놀랍게도 엄마는 내가 하고 싶은 대로 다 하게 해 줬다. 남들은 교과서 붙잡고 공부할 때 혼자 칼을 잡고 요리하는 딸을 묵묵히 지원해 줬고, 성적이 점점 곤두박질쳐도 야단치지 않았다. 수능을 시원하게 말아먹은 주제에 서울에서 요리를 배우겠다고 선언했을 때도 엄마는 그러라며 자취방을 구해 줬다. 엄마가 너무 밀어주는 게 아닌가 싶어 오히려 내가 불안할 지경이었다. 서울로 떠나기 위해 짐을 싸고 대전에서 자는 마지막 날, 엄마에게 왜 내가 하고 싶은 거를 다 하게 해 주냐고 물었다.

"옥선아. 하고 싶은 게 있으면 다 해 봐. 배우고 싶은 게 있으면 다 배워. 대신 후회하지 마. 나중에 너 하고 싶은 거 못 하게 했다고 스스로 후회하고 싶지 않아."

담담하게 말하던 엄마의 대답은 시간이 지날수록 머릿속에 선명하게 남았다. 내가 뭘 선택하든 후회하지 말자. 무언가 실패했다면 좋은 경험이었다고 생각하자. 무언가 놓쳤다면 앞으로는 놓치지 말자. 누군가를 잃었다면 그 사람과의 추억을 더 소중하게 생각하자. 내가 겪은 경험들은 무엇과도 바꿀 수 없는 값진 것들이니까 후회 없이 살자.

내 인생이 군대 짬통이랑
다를 게 뭐야

후회 없이 살라는 엄마의 말에 따라 나는 정말 하고 싶은 대로 살았다. 대전에서 갓 상경한 스무 살짜리에게 서울은 너무나도 큰 오락관 같았다. 젊음의 거리 홍대부터 강남, 가로수길 등 온갖 곳을 돌아다녔고, 갓 성인이 된 자유에 취해 천둥벌거숭이처럼 놀았다. 필름이 끊길 때까지 술도 마셔 보고, 클럽에서 밤샐 때까지 놀아 보고, 막차를 놓쳐 첫차 탈 때까지 노상에서 술도 마셔 보고, 아르바이트도 해 보고, 연애도 해 봤다. 서울에서 한량처럼 산 지 2년이 되는 날. 2년제 요리 전문대학교를 졸업함과 동시에 청천벽력 같은 소리를 듣게 된다.

"뭐라고?!"

"이제부터 경제적인 지원은 일절 없다고!"

졸업식 날 서울에 올라온 엄마는 이제부터 용돈을 끊겠다고 말했다. 하늘이 무너지는 것 같았다.

"돈이 없으면 서울에서 어떻게 살아? 자취방 월세는? 생활비는? 핸드폰 요금은? 식비랑 교통비는?"

"다 네가 알아서 해야지."

"갑자기 그러는 게 어디 있어."

"갑자기라니? 이제 너도 졸업했고, 어엿한 사회인인데 엄마한테 더 지원받아야 되니?"

"…"

맞는 말이라 할 말이 없었다. 엄마가 후회 없이 살라고 한 건 맞지만, 생각 없이 살라는 뜻은 아니었다. 나도 이제 스스로 먹고 살 줄 알아야 했다. 그동안 보이지 않던 거대한 현실의 벽이 갑자기 나타났다. 월세도 내야 하고, 핸드폰 요금부터 식비, 교통비, 생활비 등등 살면서 필요한 모든 돈을 내가 벌어야 했다. 소소한 아르바이트는 그만두고 돈을 많이 주는 대형 식당 주방에서 일을 시작했다. 밤새 술을 마시거나 클럽에서 노는 대신 야간 아르바이트를 하고 식비를 아끼기 위해 편의점에서 대충

끼니를 때웠다.

　햇빛 한 줌 없는 지하 주방에서 불과 기름과 칼과 함께 전쟁 같은 시간을 보낸 후 지하철을 타고 집에 돌아오면 평생 이렇게 살아야 되는 건가 싶어 생각이 많아졌다. 하루 종일 남을 위해 요리를 하다 보니 나를 위해 요리하는 것조차 싫어졌고, 주 6일을 사람들과 부딪히다 보니 누군가를 만나는 것도 귀찮아졌다. 목표 같은 건 사라진 지 오래고 오로지 돈을 좇으며 살았다. 다 때려치우고 싶을 만큼 힘들 때면 남들도 다 이렇게 산다고 스스로를 다독였다.

　유난히도 현타가 심하게 찾아온 날이었다. 하루 종일 마스크를 쓰고 일해서 얼굴에 뾰루지가 여러 개 났고, 짧게 깎은 손톱 밑에는 생선 내장 찌꺼기가 잔뜩 껴 있고, 모자 안에 쑤셔박았던 머리카락은 땀에 절어 찐득거렸다. 옷은 여기저기서 튄 정체불명의 얼룩 범벅이었으며, 15시간 동안 서 있던 탓에 다리가 퉁퉁 부어 걸을 때마다 온몸이 아팠다. 집에 가면 씻고 바로 자야겠다고 생각하며 걸음을 재촉하다가 우연히 휴가 나온 군인 친구와 마주쳤다. 길에서 이런저런 이야기를 나누는데 친구가 우스갯소리로 "야, 너한테서 군대 짬통 냄새 나."라고 말했다.

그 순간 그동안 나를 지긋지긋하게 쫓아오던 힘든 감정이 무엇인지 정확하게 알았다. 한여름 더위에 악취가 풍기는 음식물 쓰레기봉투를 치우는 기분. 하고 싶지 않지만 남들도 다 하니까 나도 해야 하는 일을 억지로 하는 기분이었다. 이루 말할 수 없는 감정이 솟구쳤다. 지금 내 인생이 군대 짬통이랑 뭐가 다르지? 이게 내가 원하는 삶의 방향인가? 후회 없이 살고 있는 게 맞나? 다들 정말 이렇게 살고 있을까?

그날부터 나는 고3 때 했던 고민을 다시 시작했다. 내가 하고 싶은 건 뭐지? 내가 좋아하는 건 뭐지? 어떻게 살고 싶지? 남들은 어떻게 살아가지? 근데 남들이 어떻게 살든 그게 나랑 무슨 상관이지? 후회 없이 살자. 하지만 하고 싶은 것만 하면서 살 수는 없어. 그렇지만 더더욱 이렇게 살 수는 없어!

그런 고민들이 극에 달했을 때, 그래쓰를 만났다.

나와 닮은 그래쓰

2015년, 그래쓰와 나는 동네에 있는 작은 헬스장에서 만났다. 사실은 만났다기보다 스쳐 지나갔다는 표현이 맞다. 남이야 뭘 하든 말든 관심이 없는 나는 그저 내 또래가 운동을 열심히 한다고 생각했다. 그런 내가 그래쓰에게 관심이 가기 시작한 것은 헬스장에서 다이어트 대회가 열리고 나서부터였다. 대회 1등 상품이 비행기 표였다. 돈 모으기에 한창 정신이 팔려 있던 나는 저 '공짜' 비행기 표가 엄청 갖고 싶었다. 공짜 비행기를 타고 여행을 다녀와도 좋고 못 가면 표를 팔면 됐다. 그런데 그 생각을 나만 한 게 아니었다. 그래쓰가 갑자기 미친 듯이 운동을 하기 시작했다. 나이 든 할머니와 할아버지밖에 없는 헬스장에서 우승은 따 놓은 당상이라고 자만하던 내게 그래쓰가 눈엣가시처럼 자꾸 걸리적거렸다.

'아니, 저 사람은 왜 저렇게 운동을 열심히 해?'

그때부터 인스타그램을 설치하고 그래쓰가 올리는 식단을 매일같이 염탐하기 시작했다. 트레이너에게 그녀가 오늘 운동하러 몇 번 왔는지 물으며 더 열심히 하려고 노력했다. 그렇게 그래쓰에게 관심을 쏟으며 나 홀로 지독한 관찰을 계속하던 어느 날, 그녀가 나에게 말을 걸었다.

"안녕?"
"어… 안녕?"
"이 과자 먹어 볼래? 태국에서 사 온 건데 엄청 맛있어."

그녀가 내민 과자는 말린 코코넛칩에 설탕 같은 걸 바른 태국 과자였다. 갑작스럽게 말을 건 것도 모자라 과자까지 내밀다니. 당황했지만 그래쓰가 내민 과자를 받아먹었다. 처음 먹어본 코코넛칩은 달콤했다. 이국적인 향이 물씬 풍기면서 어찌나 달콤한지 한 번만 먹으려 했던 손은 두 번 세 번 손을 뻗게 됐고, 어느새 주고받는 말도 늘어났다.

그래쓰는 나보다 한 살 많았고, 아버지의 잦은 해외 출장 때문에 중국, 미국, 태국에서 10대를 보내고 한국에 들어왔다고 했다. 그녀의 아메리칸 스타일의 친화력은 그냥 나타난 게 아니었다.

"외국에서는 공부보다 운동을 잘하는 사람이 인기가 많아. 그래서 매일 나가서 뛰어놀았는데 한국에 오니까 다들 명문대에 가려고 미친 듯이 공부만 하는 거야. 그럴 거면 학교에 운동장은 왜 만들었대? 적응하기 힘들어."

"맞아. 모두 공부만이 살 길인 것처럼 몰두한다니까. 공부가 길이 아닌 나 같은 애들은 어떡하라고."

"아빠가 한국에 정착했으니까 나도 한국에 적응해야겠다 싶어서 유일하게 할 줄 아는 중국어 통역 일을 좀 했거든? 근데 못 해 먹겠더라고. 중국 친구들하고 중국어로 떠드는 거랑 한복 입고 경복궁에서 통역하는 거랑 천지 차이야. 나랑 너무 안 맞아."

"나도 그동안 배운 요리로 먹고살겠다고 죽어라 일하는데,

취미로 요리할 때랑 억지로 요리할 때랑 너무 다르다니까!"

"휴… 여행 가고 싶다."

"나도. 현지 재료로 맛있는 거나 잔뜩 해 먹고 싶다."

"바다 수영하고 숙소에서 샤워하면 기분 좋은데."

"샤워하고 나서 맥주 한 잔 딱 마셔야지!"

"그럼, 당연하지!"

"아, 맥주 이야기하니까 맥주 당긴다! 저기 김치찌개 집에서 맥주 한잔할래?"

"좋아~!"

그래쓰와 나는 비슷한 점이 많았다. 그래쓰도 다이어트 대회 때문에 나를 엄청 의식했다는 점, 먹는 것을 좋아한다는 점, 새로운 도전을 무서워하지 않는다는 점, 공부에는 소질이 없다는 점, 여행을 좋아하는 점, 그래서 여행 가기 위해 열심히 돈을 모으고 있는 점이 비슷했다.

쓴맛 다음에 단맛

서로 비슷한 점이 많아서일까? 아니면 유일한 동네 친구여서일까? 그래쓰와 나는 급속도로 가까워졌다. 매일 비슷한 시간에 나와서 운동했고, 빵 쇼핑도 함께 다니고, 서로 연애 상담도 주고받으며 가끔 클럽에 놀러 갔다. 매일 만나서 시시덕거리는 모습이 별생각 없이 살던 고2 때와 다를 게 없어 보였지만, 그나마 다른 점이 있다면 그때보다는 현실을 걱정한다는 것이었다.

"주방에서 일하는 거 안 힘들어?"

"말도 마. 하루하루 사는 게 아니라 버티는 중이야."

"돈은 많이 벌어?"

"아니, 딱 한 달 살 정도만 벌어. 언니는?"

"나도 똑같지. 그래서 말인데 너 나랑 같이 여기서 일할래?"

그래쓰가 내민 아르바이트 어플 창에는 '○○콜센터'에서 올린 공고문이 빼곡했다. 공고문마다 당당하게 적혀 있는 '200만 원+인센티브'가 내 마음을 사로잡았다. 22살에게 200만 원은 정말 큰돈이었다. 나와 그래쓰는 당장 콜센터로 향했고 그날로 계약을 맺었다. 그렇게 장장 6개월을 일했다. 결론부터 말하자면 그곳은 불법 콜센터였다. 우리는 그런 사실을 전혀 몰랐다. 멍청하다고 하기엔 나와 그래쓰는 고작 22살, 23살로 어린 나이였다. 불법 콜센터에서의 시간은 주방의 뜨거운 불보다 더 지독했고, 얼굴도 모르는 사람들에게 듣는 욕설은 잘 갈린 칼보다 더 날카로웠다. 대표가 사기꾼이어서 최저 시급조차 받지 못했지만 누구에게도 하소연할 수가 없었다. 근로계약서조차 쓰지 않고 일을 시작한 우리의 문제였다. 엄마에게 도와달라고 하고 싶었지만 스스로 해결하고 싶은 생각이 더 강했다. 콜센터에서의 경험이 내가 처음으로 느낀 사회의 쓴맛이었다. 그리고 그때 예상치 못한 단맛 선물이 찾아왔다. 그래쓰는 콜센터 일을 같이 하자고 제안한 것이 계속 마음에 걸렸다며 내게 멜버른행 비행기 표를 내밀었다.

"너무 지쳐서 잠깐 호주로 도망갈 건데… 같이 갈래?"
"호주? 멜버른? 지금?"

언젠가 함께 여행을 가자고 말하긴 했었지만 이렇게 돈이 없을 때 여행을 가자니 말도 안 된다고 생각했다. 하지만 사회의 쓴맛에 지쳐 있던 나에게 멜버른행 비행기 표는 아주 달콤한 맛으로 다가왔다. 우리가 처음 대화했을 때 그래쓰가 내밀었던 코코넛칩 같았다. 나는 도저히 여행을 포기할 수 없었다. 그렇게 나는 그래쓰랑 함께 멜버른행 비행기에 몸을 실었다. 준비성이 철저한 여행은 아니었다. 야반도주하듯 허둥지둥 떠난 여행이었다. 그렇게 급하게 떠나지 않으면 무언가가 다시 발목을 붙잡을 것 같았다. 그게 돈이든, 현실이든, 걱정이든, 콜센터 선임이든지 간에 붙잡히고 싶지 않았다. 내가 챙긴 에코백에는 핸드폰과 여권, 싹싹 긁어모은 50만 원이 전부였지만 어쩐지 완벽하게 준비할 때보다 마음이 더 든든했다. 나는 모든 걸 내려놓고 가벼운 마음으로 비행기에 탔다.

여행 영상에 손을 뻗다

　　한여름 밤의 꿈만 같던 멜버른 여행도 끝이 났다. 눈
한 번 깜빡했는데 한국으로 돌아왔고, 다시 일하기가 무서워
아르바이트를 하고 있었다. 멜버른에서의 나와 현실로 돌아온
나는 다른 사람 같았다.

　"옥선아, 뭐 해?"
　"일하는 중이야. 언니는?"
　"나도."
　"엊그제만 해도 우리가 멜버른에 있었다는 게 믿어지지

않아."

"맞아…."

그래쓰와 나는 수시로 멜버른에서 찍었던 사진과 동영상을 주고받으며 추억을 곱씹었다. 내가 또다시 모든 걸 때려치우고 여행을 갈 수 있을까? 왜 나만 이렇게 떠나고 싶어 할까? 남들은 다 벗어던지고 떠나고 싶은 순간이 없는 건가? 나의 궁금증에 답하듯 한국에 '욜로'라는 단어가 나타났다. You Only Live Once. 당신의 인생은 단 한 번뿐이니 지금 이 순간을 즐기라는 뜻이다. 욜로라는 단어를 보자마자 모든 것을 제치고 떠났던 멜버른 여행이 떠올랐다.

"이거 우리 이야기 아니야?"

"딱 맞네!"

"멜버른 여행 가서 찍었던 영상들을 편집해서 페이스북에 올릴래?"

"그럴까? 재밌겠다!"

단순히 재미를 위해 만들었던 여행 영상이 엄청난 인기를 얻었다. 직장을 때려치우고 떠난 두 소녀의 여행 영상이 떠나고 싶은 사람들의 욜로 심리와 딱 맞아떨어졌던 것이다. 많은 사람이 좋아요를 누르고 응원해 줬다. 수많은 댓글이 달리기 시작했다.

[용기가 없었는데 영상 보고 저도 용기를 내서 당장 여행 갈 거예요!]

[쉽게 못 할 선택이었을 텐데 정말 멋있어요.]

[회사에서 배울 수 없는 것들을 배우고 오셨네요~]

[○○대학교 동아리입니다. 인터뷰 가능하신가요?]

[○○여행사입니다. 욜로 관련 영상을 구매할 수 있을까요?]

사람들의 관심이 쏟아지는 것을 보며 어안이 벙벙했다. 확실한 건 우리가 느낀 감정들이 사람들에게 공감을 불러일으켰다는 것이었다. 내가 잘못되지 않았다. 다들 나처럼 느끼며 참고 살고 있었던 것이다. 우리는 매일매일 댓글을 읽으며 행복감에 젖었다. 앞으로 계속 이렇게 여행으로, 영상으로 사람들에게 사랑받고 싶었다. 사람들에게 사랑받고 싶다는 생각은 또 여행 영상을 만들어야겠다는 생각으로 바뀌었다. 우리의 목표는 나와 그래쓰에게 초인적인 힘을 발휘하게 만들었다. 하루에 아르바이트를 3개씩 뛰었지만 피곤하거나 힘들지도 않았다. 그저 하루 빨리 다시 여행 영상을 만들어야겠다는 생각뿐이었다. 그렇게 우리는 한 달 만에 여행 경비를 모았다. 모은 돈으로 태국에 가서 영상을 찍고 한국으로 돌아왔다. 그리고 멜버른 여행 때처럼 다시 여행 영상을 만들어 유튜브에 업로드했다.

그러나 결과는 처참했다. 아무도 보지 않았다.

우리는 한다면 한다

성심성의껏 만든 태국 여행 영상을 아무도 보지 않아서 당황스러웠다. 뭐가 문제일까? 영상 기술이 별로인가? BGM이 별로인가? 아무리 생각해도 답은 나오지 않았다. 멜버른 영상이 큰 사랑을 받았던 건 우연에 불과한 것 같았다. 앞으로 이렇게 여행을 다니고 영상을 만들면서 살 수는 없는 것인가. 그게 가능했다면 이미 많은 사람이 시도했을 것이었다. 신기루 같은 기분 좋은 꿈이었다고 생각하려 했지만 이렇게 애매한 마음으로 영상을 포기하기에는 찜찜했다. 미련이 없을 정도로 불태워야 후회하지 않을 것 같았다. 불현듯 엄마가 했던 말이 떠올랐다.

"하고 싶은 게 있으면 다 해 봐. 배우고 싶은 게 있으면 다 배워. 대신 후회하지 마."

"우리 딱 1년만 이렇게 해 보자."
"그래. 돈이 안 돼도 계속 영상 만들어 보자."
"좋아! 1년 뒤에도 발전이 없다면?"
"그때는 깔끔하게 포기하자!"

우리는 1년이라는 기간을 정해 두고, 영상에 도전하기로 마음먹었다. 바로 여행 영상을 만들고 싶었지만, 나중을 위해 여행은 잠시 접어 두어야 했다. 아무리 생각해도 우리에게 필요한 것은 '여행'이 아니라 '영상' 공부라는 생각이 들었다. 시작하려니 앞이 막막했다. 무엇 하나 하려고 하면 다 돈이 필요했다. 아르바이트를 하면 영상을 공부할 시간이 부족했다. 그러나 영상을 공부하려면 돈이 필요했다. 돈을 벌면서 공부를 할 수는 없을까 고민하다가 영상 공모전에 출품하고 상을 받으면 상금을 벌 수 있다는 생각이 불현듯 떠올랐다. 우리는 매일매일 영상 공모전에 출품했다. 새벽에 아르바이트를 하면서 카메라를 대여했고, 국가 기관에서 무료로 대여해 주는 영상 편집실을 한 달 동안 대기해서 빌려 편집했다. 열심히 편집하고 영상 공모전에 출품했다. 그리고 떨어졌다. 우리는 다시 아르바이트를 하고, 카메라를 빌리고, 편집실에서 편집을 하고, 출품했다. 그리고 또 낙방했다.

몇 개월 동안 반복했다. 속상하지 않았다면 거짓말이다. 포기하고 싶을 때도 많았다. 열심히 만들어 낸 결과물이 두각을 드러내지 못하자 내가 그것밖에 안 되는 사람인 것처럼 느껴졌다. 무엇보다 돈이 없었다. 정말 없었다. 아이스크림 한 번 사 먹으면 버스비가 부족해 집까지 걸어가야 했다. 주방이나 콜센터에서 일했을 때의 나라면 '돈도 안 되는데 내가 이 짓을 왜 해야 해?'라고 생각하고도 남았을 것이다. 하지만 내가 하고 싶은 일을 위해 1년도 못 버틴다면 앞으로 하기 싫은 일만 하며 살아가야 할 것 같았다.

그렇게 몇 개월간 영상 공모전에 출품하고, 낙방하고, 수상작들을 공부하며 시간을 보냈다. 친구들도 만나지 않았다. 꼭가야 하는 자리가 아니면 나가지도 않았다. 더치페이할까 봐무서웠고, 쓸데없이 시간을 보내기 아까웠다. 오로지 영상 편집, 공모전 출품, 아르바이트 이 세 가지만 반복하며 살았다. 그러다 보니 점점 출제자의 의도를 파악하는 안목이 키워졌다. 한두 번씩 공모전에서 상을 타기 시작했다. 받았던 모든 상이 정말 고맙고 감사하지만, 그중 가장 기억에 남는 상은 러쉬코리아에서 받은 것이다. 영국계 코스메틱 화장품 회사인 '러쉬(LUSH)'의 본사에서 주최한 영상 공모전에서 대상을 탔다. 대상 상품이 '러쉬 계약직 인턴 입사'였다. 당시 그래쓰랑 카페에서 넋 놓고 앉아 있다가 러쉬에서 입사 안내 전화를 받고 펑펑 울었었다.

하면 되는구나. 정말 미친 듯이 하면 결국 되는구나.

2장

지구 한 바퀴

용두사미? 사두용미!

"시베리아?"

바쁜 현대 사회의 대명사 강남의 어느 수요일 점심시간. 밥
먹다 말고 갑자기 시베리아라니? 햄버거를 입 안 가득 넣어 씹
고 있는데 그래쓰가 생뚱맞은 소리를 꺼냈다.

"우리 영국에 가기로 했잖아. 근데 무슨 시베리아야?"
"영국은 비싸."
"응?"

"영국 가는 비행기 표 가격이 너무 비싸."

당시 나와 그래쓰는 러쉬에서 계약직 인턴 생활을 하고 있었고, 곧 다가오는 11월 30일을 마지막으로 인턴 생활이 끝날 예정이었다. 인턴을 마친 기념으로 크리스마스의 유럽을 즐기기 위해 영국에 가기로 했었다. 그런데 유럽에서의 크리스마스를 꿈꾸는 사람은 우리뿐만이 아니었나 보다. 크리스마스라는 엄청난 성수기를 앞둔 항공권 가격은 오르지 못할 나무였다. 그렇다고 포기할쏘냐. 어떻게든 크리스마스에 맞춰 유럽에 가기 위해 그래쓰가 꺼낸 비장의 카드는 바로 '시베리아 횡단열차'였다.

"시베리아 횡단열차를 타고 블라디보스토크에서 모스크바까지 가는 거야."

"그리고?"

"모스크바에서 영국으로 가는 비행기를 타는 거지. 그러면 거의 100만 원이나 아낄 수 있어!"

"대신 일주일이나 더 걸리네?"

"응. 크리스마스 시즌에 맞춰서 유럽에 들어가려면 인턴 끝나는 날 바로 떠나야 해."

시베리아라니. 살면서 시베리아라는 단어를 들을 일이 얼마나 있을까. 그런데 거기를 기차 타고 일주일이나 지나간다니! 인터넷에 시베리아 횡단열차를 검색해 보기 시작했다. 당시에는 정말 아무것도 나오지 않았다. 간간이 뜨는 것마저 시베리아 관련 다큐멘터리가 전부일 뿐, 횡단열차 정보는 어떠한 검색에도 나오지 않았다. 열차에서 밥은 주는지, 잠은 어떻게 자는지, 어떻게 씻는지 알 길이 없었다.

머릿속에 '왠지 위험할 것 같아! 가지 말자!' 하고 적색 경보음이 울렸다. '그럼 무슨 돈으로 영국까지 갈 건데? 너 돈 있어?'라는 생각이 들자 경보음이 다시 잠잠해졌다.

인천 공항에서 러시아로 횡단열차 타러 가는 방법, 열차 예매하는 방법, 열차에서 내려 영국으로 넘어가는 비행기 타는 방법 등 돈이 별로 들지 않는 루트들을 검색하다 보니 어느새 시베리아 횡단열차를 타러 가는 방향으로 마음을 굳혔다. 정말 가도 되는 걸까? 이렇게 부족한 정보만 가지고 미지의 나라로 기차 타고 일주일 동안 가도 되는 걸까? 걱정이 눈앞을 가렸다. 그러나 걱정 사이로 희미하게 유럽이 아른거렸다. 고민하는 틈에 단둘이 쓸 수 있는 1등급 자리(2인용 칸막 좌석)와 2등급 자리

(4인용 칸막 좌석)가 전부 매진으로 떴다. 함께 부대껴서 가야 하는 3등급 좌석도 새로고침을 누를 때마다 매진이 되었다.

가고 싶다! 숨 쉴 공기조차 부족한 출퇴근 지옥철에 몸을 구겨 넣고 듣는 캐럴이 아니라, 따뜻한 코코아 한 잔과 함께 유럽의 크리스마스 마켓 거리에서 캐럴이 듣고 싶었다. 반짝이는 크리스마스트리와 새하얀 눈밭이 보고 싶었다. 걷다가 눈이 마주치는 사람들에게 "메리 크리스마스!"라고 외쳐도 전혀 이상하지 않은 여기와는 다른 세상으로 가고 싶었다.

자리가 몇 개 남지 않았을 때 드디어 시베리아 횡단열차를 예매했다. 이제 진짜 가야 한다!

러시아

열차는 입꼬리를 타고
올라가기 시작했다

　　얼마나 촉박하게 횡단열차표를 예매했던지 인턴 기
간이 11월 30일 저녁 6시에 끝나는데, 블라디보스토크로 떠나
는 날짜도 30일이었다. 시베리아에 뭘 챙겨 가야 할지, 음식은
어떻게 해결해야 하는지 아는 것 하나 없이 대충 짐을 욱여넣고
있을 때 엄마 생각이 났다. 엄마한테 여행 간다고 말해야 하는
데 뭐라고 보내야 하나 잠시 고민하다 '나 여행 가'라고 카톡을
보냈다. 답장은 빨리 왔다. '어디로?' 뭐라고 해야 엄마가 안심
할 수 있을까 고민했다. '나 횡단열차 탈 거야. 시베리아 횡단열
차인데 안전한지는 나도 잘 몰라. 일주일 동안 탈 거고 열차 내

에서 데이터가 안 터진대. 근데 걱정하지 마. 어떻게든 되겠지!'
라고 보내려다가 그냥 심플하게 써서 보냈다.

'그냥 유럽'

나에게 시베리아 횡단열차는 딱 그 정도였다. 유럽에 가기 위
한 교통수단. 일주일만 지나면 꿈에 그리던 영국에 도착할 것이
라고 생각하며 블라디보스토크에 도착했다. 그런데 상상을 초
월하는 문제가 기다리고 있었다.

"저기… 여기로 어떻게 가요?"
"@#!~?"

러시아인들과 단 한마디도 통하지 않았다. 사뭇 진지하고 심
도 있는 대화를 바란 것도 아니다. 택시 어디서 타요? 화장실
은 어디 있나요? 따위의 기본적인 질문도 불가했다. 영어가 만
국 공통어라더니! 어마어마하게 큰 러시아 땅덩어리에서는 아
니었던 것이다. 러시아 사람들은 러시아어를 쓴다. 이 간단한
사실을 왜 모르고 갔을까. 그 나라 언어에 대해 알아보지 않은
우리의 잘못이었다. 블라디보스토크 공항에서 시베리아 횡단

열차를 타는 메인 기차역까지 버스를 타고 갈 계획이었지만 결국 택시를 탔다. 입국 심사때 여권 케이스를 벗겨서 제출하라는 러시아어를 이해하지 못하는 바람에 기차 출발 시간까지 여유가 없어졌기 때문이다. 짙고 거친 분위기의 러시아 사람들에게 한 번, 귓불을 잘라 갈 듯한 매서운 시베리아의 강추위에 두 번, 어디에도 영어 간판이 없다는 것에 세 번 기가 눌린 탓도 있었다.

"우리 괜찮겠지?"

벌벌 떨며 겨우 택시를 타고 칙칙폭폭 기차 흉내를 내며 메인 기차역까지 가 달라고 했다. 촉박한 기차 시간, 무서운 러시아의 분위기, 한마디도 통하지 않는 영어, 아무것도 없는 우리의 정보력. 무엇 하나 믿을 만한 게 없었다. 일단 기차에 타자. 타고 나서 생각하는 거야.

수두룩하게 서 있는 수많은 기차와 사람 사이에서 우리가 타야 할 열차를 찾아 여기저기를 뛰어다녔다. 시간은 시시각각 사라져 갔다. 아직 발권조차 하지 못했다. 도대체 어디가 매표소이며, 우리가 타야 하는 플랫폼은 어디에 있는지 알 수가 없었다. 여기저기 외계어처럼 들리는 러시아어가 흩어져 갔다. 한마디도 통하지 않는다는 게 이렇게 숨 막히는지 처음 알았다. 기차에서 경적 소리가 날 때마다 입 안이 바짝바짝 말랐다. 누구한테 물어봐야 하지? 물어보면 뭐 해, 알아들어야 말이지! 시간은 왜 이렇게 촉박하게 잡았지? 전광판에 뜨는 저 글자들은 무슨 뜻이지?

우리가 할 수 있는 건 단 하나뿐이었다. 얼굴에 철판을 깔고 열차표를 무작정 들이밀며 어떻게 가냐는 표정을 짓는 것. 무슨

뜻인지는 못 알아들어도 그저 저쪽으로 가라, 이쪽으로 가라는 손짓 하나만 믿고 가야 했다. 그렇게 8명 정도 붙잡았을까. 관리인으로 보이는 어느 아주머니가 드디어 한 통로를 가리켰다.

"여기로 올라가면 되나요?"

아주머니가 고개를 끄덕이자마자 유일하게 알고 있던 러시아어인 "하라쇼(좋아요)!"를 외치고 겨우 올라탔다. 출발 5분 전이었다. 거의 십년감수하다시피 올라탄 기차였는데 이상하게도 자꾸 웃음이 튀어나왔다. 일을 하면서 이렇게 흥미진진한 시간을 보낸 적이 있었나 생각에 잠길 때쯤 경적이 울리면서 기차가 출발하기 시작했다.

열차를 올라타자마자 가장 먼저 한 일은 핸드폰의 알람을 모두 끄는 것이었다.

러
시
아

주정뱅이가
쏘아 올린 군인들

　　처음 본 횡단열차의 첫 인상은 '닭장'이었다. 벽면
마다 침대칸이 2개씩 따닥따닥 붙어 있고, 2평 정도 되는 공간
에만 침대가 6개 들어 있었다. 침대마다 덩치 큰 러시아 사람이
누워 있었다. 모두가 잠자는 시간대여서일까 기차 안은 생각보
다 훨씬 더 조용했다. 이제 막 기차에 올라탄 사람들이 내는 부
스럭대는 소리와 그들이 데려온 시베리아의 찬바람 때문에 누
워 있던 사람들이 하나둘 잠에서 깨어나 새로 들어온 사람들을
쳐다봤다. 우리는 예약한 자리를 찾아 슬금슬금 걸었다. 좁고
어두운 통로를 희미하게 밝혀 주는 켜나 마나 한 불빛은 자꾸만

깜빡거렸고, 창밖으로 펼쳐진 눈밭에는 달빛이 반사되어 은근한 빛을 내고 있었다.

해리포터가 처음으로 마법기차를 탔을 때가 이런 느낌이었을까. 무슨 일이 일어나기 직전의 숨 막히는 고요함. 눈은 여기저기 둘러보느라 바빴지만 손은 조용히 짐을 풀었다. 기차 안은 묘한 분위기가 가득했다. 모두 아닌 척하지만 자기 몸만 한 배낭을 메고 들어온 우리를 몰래 쳐다보고 있었다. 짐을 다 풀고 이불을 펼쳤을 때 갑자기 주정뱅이 아저씨가 등장했다.

'뭐… 뭐야?'

다 늘어난 러닝셔츠를 입은 아저씨는 목에 커다란 쇠 목걸이를 달랑거리며 허락도 없이 내 침대에 털썩 앉았다. 뭐지? 여기는 원래 내 침대, 네 침대 이런 개념 없이 그냥 함께 앉는 문화인가? 하지만 지금은 잘 시간인데? 아저씨의 호의를 오해하는 건가 싶어 열심히 머리를 굴리고 있는데 그가 갑자기 씨익 웃었다. 그때 열린 입술 틈에서 술 냄새가 훅 퍼졌다. 본능적으로 이건 아님을 깨달았다.

아저씨가 뭐라 뭐라 씨불이며 계속해서 말을 걸었다. 나는 영어로 당신 자리로 돌아가라고 말했지만 러시아어를 쓰는 그와 말이 통할 리가 없었다. 그래도 의미를 못 알아들었을 리가 없었다. 한껏 얼굴을 찌푸리고 손짓으로 떠나라고 표현했고, 내 얼굴을 만지려 할 때는 "No!"라고 딱 잘라서 거절했다. 그러나 거절 의사를 알아들을 정도의 상식이 있는 사람이라면 오밤중에 이렇게 방문하진 않았을 것이다. 그것도 이런 몰골로 이 시간에! 낯선 곳에서 대화가 통하지 않는 낯선 이와 맞닥뜨린 공포는 점점 커져 갔다. 우리는 공포를 감추려고 언성을 높였다. 그때 누군가 우리의 대화에 끼어들었다.

"하지 말라잖아요."

이 목소리의 주인공은 통로를 사이에 두고 우리 옆에서 짐을 풀던 어느 군인이었다. 아까부터 상황을 지켜보다가 분위기가 점점 거세져서 우리 대신 주정뱅이에게 화를 낸 것이다. 키가 2미터는 되어 보이는 러시아 남자가 우리 편에 서서 화를 내니 안도감이 들었다. 한참을 말해도 떠나지 않던 주정뱅이는 당신 때문에 저 아이들이 말도 안 통하는 나라에 와서 겁먹지 않았냐고 화내는 군인과 오밤중 소란에 무슨 일인가 싶어 나온 차장의 호통에 찍소리도 내지 못한 채 사라졌다. 그에게 고맙다는 말을 하고 싶었으나 얼굴조차 보이지 않을 만큼 짙어진 어둠과 쏟아지는 피곤함 때문에 타이밍만 노리다 까무룩 잠들었다.

다음 날 아침, 눈을 뜨자마자 그 군인을 찾았다. 그는 엄청나게 큰 키에 목에는 은색 군번줄을 달고 있었으며, 짧고 짙은 노란색 머리카락과 휘어진 코, 따뜻한 밀싹 같은 눈동자를 가진 사람이었다. 고맙다고 말하고 싶었다. 하지만 나는 러시아어를 몰랐고, 그는 영어를 모르는 것 같았다. 게다가 그는 주변 친구들과 노느라 바빠 보였다. 어떻게 해야 하나 눈치를 보고 있었는데 그가 내 테이블 위로 무언가를 슬쩍 올려놨다. 코코넛 맛 초콜릿이었다. 눈을 동그랗게 뜨고 쳐다보자 알 수 없는 애매한 표정으로 끄덕끄덕하기에 그 자리에서 바로 초콜릿을 먹어 치웠다. 그리고 그를 보며 씨익 웃었다. 그랬더니 그도 씨익 웃었다. 그 순간부터 나는 그를 100퍼센트 신뢰하게 됐다.

낯선 것투성이인 이곳에서 내 마음을 녹인 건 안심하라는 말이 아니었다. 행여나 놀랄까 조심스레 테이블 위에 슬쩍 올려둔 달콤한 초콜릿이었다. 그 초콜릿은 평생 내 기억 속에 러시아의 달콤함으로 남아 있다.

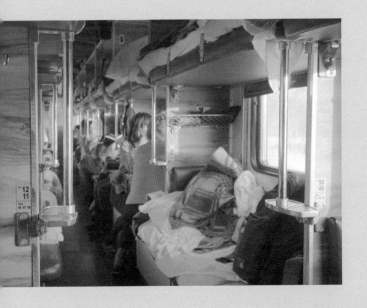

너희 덕분에
과일 티의 맛을 알게 됐어

우리를 구해 준 군인의 이름은 데니스다. 군대를 전역하고 집으로 돌아가기 위해 횡단열차를 탄 것이었다. 눈빛만 봐도 마음을 알 수 있다는 표현을 데니스를 통해 실감했다. 데니스와 친구가 되는 건 정말 한순간이었다. 그는 영어를 단 한마디도 못 했고, 나는 러시아어를 한마디도 못 했지만 상관없었다. 그와는 말이 필요 없는 시간이 많았다. 눈빛과 손짓으로도 의사소통은 충분했다. 그리고 우리에게는 '이것'이 있었다.

"너희도 마실래?"

데니스와 친해지면서 자연스럽게 가까워진 그의 친구들이 '보드카'를 들어 보였다. 러시아 하면 보드카 아니겠는가? 달리는 열차 안에서 술을 먹을 수 있을 거라고는 상상도 못 했기에 찰랑거리는 보드카를 보자 심장이 뛰었다.

"뭐야, 이거 어디서 났어?"
"아까 잠깐 열차 멈췄을 때 나가서 사왔지!"
"나도 마실래!"

아톰이 씨익 웃으며 개인 컵을 가져가 구석에서 열심히 술을 타서 줬다. 그는 보드카에 콜라를 섞었다. 우리가 빨리 취할까 봐 걱정해서 섞어서 준다 생각하며 김칫국을 들이마셨는데 나중에 알고 보니 열차 내에서 음주는 금지 사항이었다. 콜라를 타 준 이유는 경찰한테 들키는 것을 방지하기 위해서였다. 그 사실을 알 턱이 없던 우리는 그의 배려에 감동하며 보드카를 홀짝거렸다. 우리가 술을 마시자 아이들이 다가와 잔을 부딪쳤다. 누군가 기타를 꺼내서 치기 시작했다. 기타 실력은 형편없었고 함께 부르던 노래(군가로 추정)는 조금 끔찍한 수준이었지만 아무래도 좋았다.

창밖으로는 드넓은 설야가 펼쳐졌고, 덜컹거리는 기차 소리에 맞춰 몸이 흔들렸다. 보드카로 후끈거리던 볼의 열기는 창문에 대자마자 차가운 시베리아의 냉기로 인해 시원해졌다. 술맛이 무척 좋았다. 우리는 정말 순수하게 서로가 궁금하고 서로에게 가까워지고 싶어 했다. 그래서 그런지 닫힌 공간에서, 심지어 말도 통하지 않는 군인들 틈에서 술을 마시는데도 마음이 편안했다. 술을 마신 건 나인데 창밖의 노을이 더 취해 있었다.

한국에서는 단 한순간도 핸드폰을 손에서 떨어뜨려 본 적이 없었다. IT 강국인 한국은 핸드폰만 있으면 무엇이든지 해결할 수 있었으니까. 하지만 여기는 달랐다. 달리는 시베리아 횡단열차에서 핸드폰은 무용지물이었다. 데이터가 터지지 않는 핸드폰은 가방 구석에 넣어 놓고 친구들과 실컷 떠들었다. 서로를 이해하기까지 오랜 시간이 걸렸지만 그래서 더 애틋했다. 저 아이가 하고 싶은 말이 뭔지, 전하고 싶은 마음이 뭔지 알아듣기 위해 눈을 자주 바라보고, 집중하고, 귀를 기울였다. 손이 많이 가는데도 필름 카메라를 포기할 수 없는 것처럼 우리의 우정은 마음을 더 쓰는 만큼 애틋하고 소중한 인연이 되었다.

"데니스, 어제 그 아저씨한테 뭐라고 한 거야?"

"당장 꺼지지 않으면 네 궁둥이를 걷어차겠다고 했지."

"우릴 왜 도와줬어?"

"너희는 어린 여자아이니까."

"폼 잡는 거 봐!" 하면서 깔깔거렸는데 그들은 우리를 정말 14살쯤으로 생각하고 있었다.

"데니스, 너 몇 살이야?"

"나 18살."

"뭐? 18살?"

"응! 너는?"

서양인은 확실히 동양인보다 나이가 더 들어 보이는구나. 내 또래일 거라고 예상했던 데니스가 미성년자라는 사실에 엄청 놀랐다. 그리고 내가 데니스보다 누나라는 사실에 또 한 번 놀랐다. 반대로 아이들은 내가 22살이라는 사실에 깜짝 놀랐다. 급기야 믿지 않길래 여권을 보여 줬는데 보라는 나이는 안 보고 내 사진을 보면서 "이거 너야?"라고 물었다. 민망해진 나는 "너는 뭐 얼마나 잘 나왔는지 보자!" 하고 데니스의 입대 사진

을 낚아챘고, 세상 슬퍼 보이는 사진 속 그의 얼굴에 박장대소했다. 군대 가기 싫은 건 어느 곳이나 마찬가지인가 보다.

열차에서의 일상은 그 어느 때보다 편안했다. 인터넷이 터지지 않아 오로지 서로에게 집중할 수 있었고, 먹고 자는 모습을 실시간으로 보다 보니 꾸밀 필요도 없었다. 시간 따위를 체크할 필요도 없었다. 원하는 시간까지 자다가 친구들이 떠드는 소리에 퉁퉁 부은 눈으로 일어나 슬쩍 옆에 앉으면 자연스럽게 내 몫의 빵과 치즈를 썰어서 내 손에 올려 줬다. 이게 일상이고 우리의 하루였다. 하루 종일 카드게임, 수다, 낮잠, '오물'이라는 이름의 훈제 물고기 먹기, 한국에서 챙겨 온 불닭볶음면을 물 없이 먹으며 놀았고, 열차가 잠시 정차하면 콧바람을 쐴 겸 밖에 나가서 눈싸움을 했다. 꽁꽁 언 손발을 녹이느라 부직포 이불 속으로 쏙 들어가 있으면 뜨거운 물로 과일 티를 만들어 줬다. 그들은 1인당 각설탕을 5~6개씩 티에 녹여 마셨다.

"왜 이렇게 각설탕을 많이 넣어?"
"너는 왜 각설탕을 안 넣어?"

서로를 이해할 수 없다는 눈으로 각자의 과일 티를 바꿔 먹고는 똑같은 표정으로 웩 소리를 내며 잔을 돌려주는 일이 허다했다. 싸구려 과일 티, 3일은 안 감은 머리, 맨발, 부직포 이불 등 다 보잘것없는 것들이었지만 모든 순간이 소중했다. 불순물이 하나도 없는 순수한 감정들이 만들어 낸 순간들이었기 때문이다. 이렇게 순수하게 내일을 기다린 적이 있었나. 사람을 대할 때 순수하게 바라보고 진심으로 대한 적이 있었나. 한탄이나 원망 없이 오로지 즐기기 위해 술을 마신 적이 있었나.

간혹 마트가 있는 역에 정차할 때면 부리나케 달려가 주전부리와 술을 사 가지고 왔다. 그날은 종일 술을 먹는 날이었다. 다들 옹기종기 모여 붉게 취한 노을을 안주 삼아 밤새 웃고 떠들며 이야기를 나눴다. 그러다 경찰이 순찰을 돌면 언제 술을 마셨냐는 듯 누구는 드러누워 자는 척을 하고, 누구는 기타를 쳤다. 나랑 그래쓰는 어려 보이는 외모를 내세워 과하게 순진한 표정을 지으며 '우리는 순진무구해. 술 같은 거 몰라'라는 얼굴로 둔갑하고 앉아 있었다. 내 인생에 이런 순간이 다시 올까? 서로에게 순수하게 빠져드는 이 순간이 다시 올까. 벌써부터 이들이 그리워지기 시작했다.

누가 시베리아 횡단열차에서 자기만의 시간을 가질 수 있다고 했을까. 가져간 책은 한 장도 못 넘긴 채 감정만 수백만 장 넘기는 나날이 계속되었다.

러시아

그리운 오형제와
빛나는 코리안 걸들

함께 먹고 자고 놀던 횡단열차의 친구들은 어른스럽기도 하고 때로는 어린아이 같기도 했다. 이제 막 제대하고 집으로 돌아가는 군인이라 그런지 손에 커다란 상처가 하나둘 있었다. 인피니트는 상처 난 손으로 내 가방에 매달린 인형 고리를 만지작거리며 4살짜리 동생이 참 좋아할 것 같다고 했다. 나는 당장이라도 한국에 있는 뽑기 기계를 다 뒤져서라도 모든 인형을 선물하고 싶었다.

"너 가져."

"정말?"

"응. 네 남동생에게 전해 줘."

무뚝뚝하던 인피니트는 활짝 웃으며 답례로 내 얼굴을 그려 줬다. 두꺼비처럼 그려 줬지만 괜찮았다. 나는 친구들과 지내는 동안 자꾸 무장해제 되었다. 여행지에서는 짐을 도둑맞을까 봐 한껏 경계하는 성격이었는데, 횡단열차에서는 복도에 여권과 지갑, 핸드폰을 칠칠맞게 떨어뜨리고 다녔다. 오히려 친구들이 주워다 내 침대 위에 올려 주며 잔소리를 쏟아 냈다.

맨발로 다니지 좀 마. 양말 좀 신어. 밖에 나갈 때 말 좀 하고 가. 너 기차 출발 시간도 모르잖아. 나갈 때 같이 나가. 털모자 빌려줄게. 이제 일어나. 밥 먹어. 핸드폰 좀 잘 챙겨. 대부분의 잔소리는 데니스 몫이었다. 근육맨 일리야와 의대생이었던 빅토르는 말수가 없는 편이었는데, 그렇다고 해서 우리를 챙기지 않는 것은 아니었다. 모두가 잠든 새벽이었다. 열차는 깜깜하고 친구들의 고른 숨소리가 오르락내리락했다. 누군가 나를 조용히 불러 깨웠다.

"다샤."

다샤는 친구들이 내게 지어 준 러시아 이름이었다. 이 밤에 누구지? 눈을 비비며 일어나니 일리야가 내 침대 앞에 서 있었다. 일리야는 내게 무슨 말을 하려다 구글 번역기 없이 불가능하다고 생각했는지 내 팔을 잡고 창문 쪽으로 잡아당겼다. 창문 밖에는 칠흑같이 짙은 어둠만 깔려 있을 뿐 아무것도 보이지 않았다.

"창문 밖에 뭐가 있어?"
"바이칼."

'바이칼'이라는 말을 듣자마자 가슴이 찡하고 울렸다. 열차가 바이칼호수 옆을 지나가고 있었던 것이었다. 바이칼호수는 시베리아에서 유명한 호수인데 무척 아름답다는 글을 본 적이 있었다. 친구들과 밥을 먹으면서 스쳐 지나가는 말로 "바이칼호수 보고 싶다!"라고 말한 적이 있었다. 나조차 말함과 동시에 잊어버렸던 말을 일리야가 기억하고 있었던 것이다. 어두워서 아무것도 보이지 않았지만, 아마 내가 생각했던 호수보다 더 아름다웠을 것이다. 그렇게 아이들과 함께 지내는 게 당연해질 때쯤 이별의 순간이 다가왔다. 어째서 이 열차를 영원히 탄다고 생각했을까. 내가 돌아갈 곳이 있듯 아이들도 돌아갈 집이 있을 텐데. 일주일이나 쉬지 않고 달렸던 횡단열차는 점차 아이들이 그리워하던 그들의 가족이 있는 곳, 원래 일상이 있는 곳으로 다가갔다. 가지 말라고 생떼를 부리고 싶었지만 그럴 수 없었다. 18개월 만에 그리운 집으로 돌아가는 아이들 얼굴이 점차 그리움으로 젖었다. 집이 얼마나 그리웠을지 나는 감히 가늠할 수 없었다. 그렇다고 해서 내 외로움이 사라지는 건 아니었다. 아이들의 행복을 빌지만, 모두가 나를 잊고 떠나기를 바란 건 아니었다.

그런 내 마음을 알고 있었는지 횡단열차를 떠나는 날 누가 내 머리맡에 검은 봉지 하나를 두고 갔다. 열어 보니 그동안 우리가 즐겨 먹었던 군인 식량인 치즈, 코코넛 초콜릿, 젤리, 과일 티백, 러시아 라면, 감자 수프 등이 들어 있었다. 눈물이 쏟아질 것 같았다. 누가 줬을까. 그림을 잘 그리던 인피니트? 바느질할 때 켜 준 손전등 하나에 "너는 정말 자상해."라고 말하던 훈훈한 일리야? 매일같이 보드카를 흔들며 "어게인?" 하던 미워할 수 없는 능구렁이 아톰? 해바라기씨 껍질을 내 바지 뒷주머니에 버리고 아닌 척, 눈덩이를 던지고 아닌 척했던 장난 많고 정 많은 빅토르? 아니면 나의 영원한 러시아의 추억 데니스?

친구들이 떠나고 같은 곳이라고는 믿을 수 없을 만큼 고요해진 열차에서 친구들과 함께 찍었던 사진을 종종 들여다보곤 했다. 처음에는 아이들이 그립기만 했는데 보면 볼수록 나의 웃는 얼굴이 눈에 들어왔다. 한국에서는 본 적 없는 나조차 깜짝 놀랄 만큼 환하게 웃는 얼굴이었다. 그 모습이 내 눈에는 제일 예뻐 보였다. 이게 내가 생각하던 청춘이었다. 아니 어쩌면 그 이상이었다.

열차를 타던 그때로 다시 돌아갈 수 있다면 물어보고 싶은 게 한가득이다. 어떻게 너희는 다 타고 남은 재마저 따뜻한지, 여전히 너희에게 우리는 빛나는 코리안 걸들인지. 그리운 나의 횡단열차 오형제야. 늘 건강하고 순수하게 하루하루 잘 지내길 바라. 그리고 가끔은 '빛나던 코리안 걸들'을 생각해 주길.

인생에서
가장 최악의 시기를 보낸 나라

여행 유튜버가 되어 해외 곳곳을 돌아다니다 보면 남들보다 신경 써야 하는 것들이 있다. 첫 번째는 인터넷 속도, 두 번째는 시간 개념이다. 구독자와의 약속을 지키기 위해 매주 영상을 올려야 하기 때문에 해외 어디를 가든 인터넷이 잘 터지는 장소를 물색했다. 인터넷 속도만큼 신경 써야 하는 것은 시차다. 시차를 넘나들며 여행지에 집중하다 보면 한국이 몇 시인지는커녕 오늘이 무슨 요일이고 몇 월인지조차 망각하게 된다.

이 두 가지를 잘 지키지 못해 크고 작은 문제들이 생기다가 결국 2019년에 큰 사건이 터지고 말았다. 때는 2019년 2월 마지막 주. 우리는 당시 한국과 시차가 아주 많이 나는 멕시코에 있었다. 멕시코에서 일본 여행 영상을 하나 올렸는데, 그것이 바로 사건의 시작이었다. 한국에 안 들어간 지 3개월이 다 되어서 곧 삼일절이라는 사실을 완전히 망각하고 있었던 것이다. 한국은 곧 다가올 삼일절에 집중하는 분위기였고, 그런 분위기에서 업로드된 우리의 일본 여행 영상은 구독자들이 큰 분노를 느끼기에 충분했다. 많은 사람들이 한목소리로 비난의 화살을 퍼부었다. 구독자들에게 난생처음 받아 보는 비판이었다.

우리는 너무 당황한 나머지 변명하기에 급급했다. 미흡한 변명과 대처는 사람들에게 더 큰 화를 불러일으켰고, 여러 매체에서 우리의 무지한 역사의식을 소리 높여 비판했다. 엄청난 악플이 쏟아졌다.

"우리 어떡하지?"

"뭐라고 말해야 하지?"

"솔직하게 시차를 착각했다고 말할까?"

"그건 아무도 안 믿어줄 거야…."

댓글 창의 반응은 점점 더 심각해졌다. 하루도 눈을 뗄 수 없었다. 댓글 중에서는 진심 어린 충고나 따끔한 질책을 해 주시는 분들도 있었지만, 이때다 싶어 무자비한 악플을 다는 사람들도 존재했다. 가령 그래쓰와 중학교 동창인데 학창 시절 때부터 날라리였다는 루머(그녀는 중국에서 학창 시절을 보냈다)와 우리의 얼굴 생김새가 친일파처럼 생겼다는 등의 댓글들도 있었다. 세상에 우리를 미워하는 사람이 이렇게 많다는 것에 충격을 받았다.

다음 날은 멕시코에서 쿠바로 넘어가는 날이었다. 짐을 싸고 푹 자야 했지만 한숨도 못 잤다. 시시각각 거세져만 가는 사람들의 반응에 망했다는 생각과 말도 안 되는 실수를 했다는 자책감에 눈물만 흘릴 뿐이었다. 쿠바에 도착했을 때 우리의 눈은 퉁퉁 불어 터져 있었다.

쿠바에서 두 번째 문제가 터졌다. 쿠바는 인터넷이 없는 나라였다. 어젯밤 나를 한숨도 잠들지 못하게 했던 댓글들은 쿠바에 도착하자 서비스 제한 구역이라는 안내문과 함께 싹 사라졌다. 요즘 세상에 인터넷이 안 되는 곳이 있다니! 쿠바에서 인터넷이 안 된다는 건 알고 있었지만 아예 안 될 거라곤 상상도 못 했다. 기껏 해 봐야 중국에서 했던 것처럼 IP를 우회해서 유튜브를 하는 수준(중국은 유튜브가 금지되어 있다. 하지만 대부분 IP를 우회하여 접속한다)일 거라 생각했는데, 이건 정말 완벽한 차단이었다. 살면서 한 번도 겪지 않은 인터넷 없는 세상에 놀란 것도 잠시 점점 현실적인 문제들이 드러나기 시작했다.

"아, 미치겠네! 아무것도 못 해!"

인터넷이 안 된다는 건 지도를 쓸 수 없다는 뜻이었다. 우리 숙소가 어디에 있는지 알 수 없다는 뜻이고, 번역기를 사용 못 하니 스페인어를 사용하는 나라에서 어떠한 도움도 청할 수 없다는 뜻이며, 이런 상황일 때 어떻게 해야 하는지 알려 줄 수많은 지식인도 없다는 소리였다.

공항에서 헤맨 지 7시간째. 너무 힘들어 길바닥에 주저앉았다. 형형색색의 올드 카(클래식 차)가 도로를 으르렁거리며 지나갔다. 단추가 터질 것같이 배가 나온 아저씨들이 만화 속에서나 보던 두툼한 시가를 멋들어지게 피웠다. 도로 끄트머리에 보이는 말레콘비치에는 노을이 활활 불타고 있었다. 흑백 영화의 한 장면 같았다. 두 눈이 마카롱마냥 부은 채 망연자실하게 앉아 있는 나와 쿠바의 화려한 모습은 전혀 어울리지 않았다. 바닥에 주저앉아 멍하니 노을을 바라보고 있자니 내가 더 초라하게 느껴졌다.

이제 어떡하지. 유튜브도 답이 없고 쿠바 여행도 답이 없어. 왜 그럴까. 사실 내가 답이 없는 사람이어서 그런 게 아닐까. 엄마가 걱정하고 있을 텐데 걱정하지 말라는 카톡 하나 보내지도 못하네.

"쿠바 싫어!"

이게 내가 쿠바에서 느낀 첫 감정이었다.

쿠바

눈에는 눈, 이에는 이

사람은 망각의 동물이다. 막막함에 슬픔을 느끼기도 잠시, 점점 쿠바에 적응하기 시작했다. 물론 처음부터 잘 적응한 것은 아니었다. 공항에서 우여곡절 끝에 미흡하게나마 영어를 사용하는 택시 기사님을 만나 숙소를 찾아갈 수 있었다. 숙소에서 돈을 내고 조식을 신청했는데 감자처럼 퍽퍽한 파파야와 한국에서 팔면 명함도 못 내밀 것 같은 맛없는 빵, 더워 죽겠는데 무언가 둥둥 떠다니는 펄펄 끓는 물이 제공되었다. 오면서부터 고생했는데 먹는 것조차 이렇다니. 여행하면서 종종 있는 일이었는데도 이상하게 화가 났다. 누구를 향한 것인

지 알 수 없는 분노는 아이러니하게도 무력함에서 벗어나도록 만들었다.

"지금 당장 맛있는 것을 먹어야겠어. 마트 어디에 있지?"

만약 인터넷에 문제가 생겨 갑자기 못 쓴다면 사람들은 어떻게 행동할까? 기본적인 것부터 다시 생각하고 집중할 것이다. 내가 그랬으니까. 마트에 가야겠다고 다짐하자마자 일단 돈을 챙겨 문밖으로 나섰다. 집 안에 있는다고 해결되는 건 아무것도 없었다. 좀 돌아다니다 보면 마트라고 써 있는 건물을 발견할 거라 생각했지만 쿠바는 건물 외관에 간판이 없었다. 일반 집인지, 회사인지, 마트인지 겉모습만 보고는 구별이 되지 않았다. 막막했다.

"일단 사람들이 모여 있는 곳으로 가자. 그중 영어를 할 줄 아는 사람이 있을 거야. 그러면 인터넷을 물어볼 수도 있을 거고, 마트가 어디 있는지도 알 수 있을 거야. 혹시 알아? 사람들이 모여 있는 곳에서 인터넷을 쓸 수 있을지도 몰라."

나의 예상은 딱 맞아떨어졌다. 사람들이 모여 있는 곳에 들어

가니 인터넷 카드를 파는 호텔이었다. 인터넷 선이 연결되어 있는 곳에서 종종 인터넷 카드를 파는데, 인터넷 카드는 피시방 개념과 비슷하다고 보면 된다. 카드를 사서 복권처럼 긁으면 숫자가 나오는데, 그 숫자들을 와이파이 비밀번호 창에 입력하면 딱 1시간 동안 인터넷을 사용할 수 있다. 속도는 3G만도 못하지만 그건 중요한 게 아니었다. 여기서 인터넷을 할 수 있다는 걸 안 순간 우리는 득달같이 카드를 사서 인터넷에 접속했다.

띠링띠링-

알람이 미친 듯이 쏟아졌다. 대부분 유튜브 댓글이었다. 잠시 잊었다고 생각했던 무서움이 다시 밀려왔다. 하지만 댓글을 보면서 슬픔에 잠길 시간이 없었다. 사용 가능한 인터넷 시간이 순식간에 사라지고 있었다. 쿠바 사람들은 스페인어를 사용하기 때문에 영어를 쓰는 우리와 대화가 통하지 않았다. 그래서 ATM기, 신용카드, 슈퍼마켓, 택시 등 기본적인 것부터 검색해 사진을 캡처했다. 이때 캡처한 사진은 쿠바 여행에서 의사소통 역할을 톡톡히 했다. 그리고 오프라인 버전의 지도를 저장했다. 마지막으로 엄마에게 쿠바에 무사히 도착했고, 여기는 인터넷이 터지지 않으니 연락이 되지 않아도 걱정하지 말라고 메시지를 보냈다. 엄마는 기다렸다는 듯 바로 읽었다. 엄마에게 유튜브 댓글을 읽지 말라는 답변이 왔다. 그 한마디가 가슴을 오싹하게 했다. 감히 유튜브에 접속할 생각조차 하지 못한 채 얼이 빠진 상태로 호텔을 나왔다. 감정이 하루에도 몇 번이나 오르락내리락했다. 앞으로 어떻게 헤쳐 나가야 할지 막막한데 당장 먹을 것조차 찾아 헤매야 하는 현실적인 압박감 때문에 삶 자체에 지칠 대로 지쳐 버렸다. 터덜터덜 걷다 보니 말레콘비치가 나왔다. 해변에는 사랑하는 연인들이 애정을 속삭이고, 음악단이 쿵작쿵작 연주하고 있었다. 어제와 마찬가지로 해가 불타오르듯 작열하며 지고 있었다. 노을을 멍하니 바라보니 눈에 불이 옮겨 붙는 것 같았다. 눈가가 화끈거렸다.

댓글들이 말하는 것처럼 내가 그렇게 답 없는 사람인가. 난 앞으로 어떻게 살지. 이런저런 생각에 다시 눈물이 나려고 할 때, 누군가 내 등을 툭툭 쳤다. 근처에서 연주를 하던 음악단이었다. 내가 뭐냐는 눈빛으로 쳐다보자 그들은 자신의 노래를 잘 들었냐고 물어봤다.

"응. 잘 들었어. 연주 좋더라!"
"그래? 그럼 연주 값 줘."

"뭐?"

"노래를 들었으면 연주 값을 줘야지. 세상에 공짜가 어디 있니?"

눈물이 쏙 들어갔다. 손사래를 치는데도 그들은 물러날 기색을 보이지 않았다. 무슨 이런 사기꾼들이 다 있어! 우리는 짜기라도 한 듯 애국가를 꽥꽥 불렀다. 그리고 사기꾼 음악단에게 손을 척 내밀었다.

"너도 내놔! 내 노래 값!"

쿠바는 내가 슬퍼할 틈을 주지 않았다.

위로와 환영의 복귀작

인터넷이 터지지 않는 쿠바는 몇 번이나 내 속을 터지게 했다. 인터넷이 안 돼서 어디로 가야 맛있는 걸 먹을 수 있는지, 꼭 가야 하는 곳은 어디인지 전혀 알 수 없었다. 대신 살면서 한 번도 해 본 적 없는 일들을 경험했다. 여기에서는 누군가에게 사진이 찍혀 인터넷에 올라갈 일도 없으니 길거리에 흘러나오는 살사 노래에 섞여 몸을 흔들기도 했고, 무작정 길을 따라 걷다가 술집만 보이면 들어가서 지친 몸뚱이를 위로하듯 모히토를 들이마셨다. 숙소로 돌아가는 길을 잃어 지나가는 사람에게 무작정 주소를 보여주며 어떻게 가야 하는지 묻기도 했다.

나는 점점 쿠바화되어 갔다. 어이없는 일을 당하면 불같이 화를 내기보다는 '어허~ 그럼 안 되지' 하는 능글맞음이 생겼다. 심지어 말레콘비치의 사기꾼 음악단들과 싸구려 모히토를 건배하는 사이가 될 정도였다. 햇빛에 녹은 설탕 알갱이처럼 진득한 능구렁이가 다 되었을 때쯤 카리브해를 보러 갔다. 잭 스패로우 선장이 사랑하던 그 카리브해가 맞았다. 이렇게 맑은 바다는 처음 봤다. 신이 이곳에 축복을 내린 것일까. 투명하고 푸른 바다가 사방에 펼쳐져 있었다. 작은 오두막집에서는 살사 노래가 끊임없이 흘러나왔고, 건강하게 그을린 쿠바 사람들의 모히토 만드는 소리가 귓가를 간지럽혔다.

"와, 미친 거 아니야?"
"여기 대박이다!"

오랜만에 텐션을 되찾은 우리의 목소리는 구름을 뚫을 것처럼 높았고, 내리쬐는 강렬한 햇볕보다 더 뜨거웠다. 선글라스를 쓰고 수영하는 사람들, 햇빛에 탄 건지 술에 취한 건지 구별되지 않는 붉은 얼굴로 하하 웃는 할아버지들, 네 자리 내 자리 구별 없이 아무 바닥에 드러누워 모히토를 마시며 담배 피우는 여자들과 이가 쏟아질 듯 까르륵 웃으며 뛰어다니는 어린아이들,

Cuba

그리고 이 모든 소리를 한순간에 잠재우는 바다 소리까지. 바다에서 온화한 박력이 느껴졌다. 카리브해로 뛰어들었을 때 바다가 주는 위압감에 그대로 압도당했다. 바다는 엄청 깊었다. 20미터 정도 되는 깊이였는데도 바닥의 모래가 흰색이라는 걸 알 수 있을 정도로 투명했다. 햇빛이 바닷물을 통과해 물속 모래알을 비추는 모습이 마치 신이 만든 길 같았다. 어찌나 맑은지 하늘을 헤엄치는 기분이었다. 세상의 소리는 들리지 않고 오로지 심장 박동 소리만 들렸다. 가끔 물고기 떼가 내 옆을 유유자적하며 지나갔다. 물고기 비늘 덕분에 가슴이 반짝반짝 빛이 났다.

시간 가는 줄 모르고 수영을 즐겼다. 손발이 쭈글쭈글해지면 물을 뚝뚝 떨구면서 아무 가게나 들어가 게걸스럽게 음식을 먹고, 선베드에서 늘어지게 한숨 잤다. 그리고 다시 일어나 수영을 했다. 서서히 해가 지면 모히토 한 잔을 마시면서 말없이 바다를 바라보았다. 쿠바의 바다를 보면서 내 마음은 빠르게 치유되고 있었다.

사람의 손길이 거의 닿지 않은 자연은 얼마나 아름다운가. 자연의 아름다움 앞에서 내가 느끼는 희로애락은 작고 볼품없었다. 바다에 도착하기 전만 해도 사진을 찍고 싶어 안달이었다. 하지만 물품 보관소가 없을 거라 생각해서 돈이 될 만한 귀중품은 모두 숙소에 두고 왔다. 카메라라고는 싸구려 핸드폰뿐이었다. 이리 뛰고 저리 뛰면서 바다를 찍으려고 노력했지만 이내 포기했다. 카리브해를 작은 앵글로 보는 것은 시간 낭비였다. 할 수 있는 한 눈에 최대한 많이 담았다. 나중에 또다시 감정의 파도에 휩쓸릴 때마다 이곳을 생각할 수 있도록.

그 후 쿠바에서 찍은 것들을 모아 영상을 제작했다. 쿠바 영상은 논란이 있고 난 뒤에 처음으로 올리는 복귀작이었다. 쿠바 영상은 수많은 사람에게 환영을 받았으며, 지금까지도 여락이들 유튜브 영상에서 높은 조회수를 자랑하고 있다. 이 사건으로 깨달은 바가 많다. 여전히 부족한 우리는 여행을 통해 실수를 반복하지 않는 방법을 배우고 있다.

누구도 생각하지 못할
생일 선물

　　일본에서 여행을 끝마치고 한국으로 돌아가기 위해 공항에 있을 때였다. 남은 엔화로 공항에서 이것저것 먹을 것이나 살 생각을 하던 나에게 그래쓰가 무언가를 쓱 내밀었다. 비행기 표였다.

　"표는 왜?"

　"일단 확인해 봐."

　체크인하기 전에 한 번 더 확인하라는 건가 싶어서 아무 생각 없이 비행기 표를 확인했다.

탑승자: 김수인, 김옥선

국적: 대한민국

출발지: 일본 나리타 공항

일본에서 출발, 날짜도 맞고, 생년월일도 맞고, 영문 이름도 철자 하나 틀리지 않고 맞다. 출발 시간도 내가 알고 있던 그대로다. 대체 뭘 확인하라는 거야. 그러다 도착지에 시선이 꽂혔다.

‘도착지가 인천인데 어디에 써 있는 거지?’

원래대로라면 도착지에 인천이라고 적혀 있어야 했다. 그런데 아니었다. 낯선 이름의 공항이 써 있었다. 공항 이름 옆에 괄호가 무언가를 강조하고 있었다. ‘India’. 인디아라면 인도? 왜 인도행으로 뽑혔지? 항공사 실수인가? 우리가 잘못 끊었나? 이거 환불되나? 온갖 생각이 머리를 스칠 때였다.

"생일 축하해, 옥선아! 우리 인도 가자!"

"그게 무슨 소리야? 우리가 왜 인도를 가?"

"인도행 비행기 표가 생일 선물이야!"

이때가 바로 2월, 내 생일이 있는 달이었다. 한평생 받아 볼 거라고 상상도 못 했던 선물이었다. (선물이라고 할 수 있을지 솔직히 의문스럽다.) 우리의 촬영 감독이자 함께 여행 다니는 대성 오빠는 이미 모든 걸 알고 있었다는 듯 웃음을 터뜨렸다. 이렇게 끔찍, 아니 깜찍한 생일 선물을 남몰래 준비한 그래쓰를 보며 어안이 벙벙한 채로 서 있었다.

인도를 이렇게 가도 되는 건가? 이렇게 무계획으로? 이렇게 갑자기? 유럽도 아니고 동남아도 아니고 중국 다음으로 인구수가 많은 인도를? 사람들은 생각지도 못한 일이 눈앞에 닥치면 할 말을 잃는다고 한다. 내가 딱 그랬다. 실감이 나지 않아 무슨 말을 해야 할지 몰랐다. 갈 곳을 잃은 엔화가 주머니에서 짤랑거렸다. 아무 말 없이 표만 만지작거리던 나는 곧 가방을 들쳐 메고 걸음을 옮겼다. 내가 불같이 화를 내지 않을까 내심 걱정하던 그래쓰가 화들짝 놀라며 외쳤다.

"야, 어디 가?!"

"엔화 바꾸러 간다! 왜!"

언제 내 인생이 계획대로만 흘러간 적이 있었나. 이런 생일
선물도 받아 보는 거지.

India

인도는
현자의 나라라며?

우리가 처음 도착한 도시는 콜카타다. 인도행 비행기 표를 발권 받을 때도 실감 나지 않던 여행이 기내를 가득 채운 인도인 특유의 영어 발음에서 느껴졌다. 나 정말 인도에 가는구나! 이렇게 대책 없이! 우리가 얼마나 대책이 없었냐면, 인도에 들어가기 위해서 비자가 필요하다는 것조차 모르고 있었다.

"사실 한국에서 비자 받으려고 했는데 그럼 너한테 들킬까 봐 못 받았어."

"그럼 어떡해?"

"도착비자 받으면 돼! 걱정하지 마!"

그래쓰는 걱정하지 말라며 큰소리를 떵떵 쳤다. 그녀는 깜짝 인도 여행을 상상하며 미리 완벽한 계획을 짰을 것이다. '도착 비자를 받고 숙소까지 우버를 타고 가면 완벽해!'라고 말이다. 그러나 여기는 인도다. 계획을 세운 게 무색할 정도로 늦은 밤에 도착한 우리에게 그 누구도 도착비자에 대한 안내를 해 주지 않았으며, 심지어 직원들도 "도착비자? 그런 게 있어?"라고 말하며 자기 갈 길 가느라 바빴다. 온 공항을 뒤져 구석 어딘가에 짱박혀 있던 도착비자 서류를 겨우 찾았다. (이렇게 중요한 서류가 구석에 있는 이유를 아직도 모르겠다.) 서류에 열심히 정보를 적고 입국 심사 줄에 섰다. 30분 정도 기다렸을까. 여권과 서류를 내밀자 직원이 도착비자는 여기서 처리할 수 없다고 했다.

"뭐? 여기서 처리할 수 없으면 어디서 처리해?"

"도착비자 신청하는 줄은 따로 있어. 거기로 가."

"거기가 어딘데?"

"글쎄? 가 보면 알지 않을까?"

말장난하는 건가 싶어 다시 바라봤지만 그는 진심이었다. 서비스가 철저하고 일 처리가 빠릿빠릿한 한국에서 자란 내게 인도인의 불친절은 충격 그 자체였다. 현자의 나라라더니 다들 현자다운 모자만 쓰고 있다는 생각이 들었다. 입국 심사에서 거절당해 구시렁거리기를 30분, 이대로 공항에 갇히면 어쩌나 걱정하며 30분을 보냈다. 한 시간 정도 공항을 방황했지만 아무도 도와주지 않았다. 하루 종일 긴장한 우리는 지칠 대로 지쳐 버렸다. 바로 그때, 공항을 청소하던 소년이 무슨 일 있냐고 물으며 다가왔다.

"아, 도착비자 신청? 그거 여기랑 똑같은 위치인데 다른 층에서 할 수 있어."
"정말 고마워!"

우리가 진심으로 고마워하며 기뻐하자 소년은 쑥스러운 듯다시 쓰레기통을 정리하러 갔다. 그에게 후광이 겹쳐 보이는 듯했다. 그토록 찾아 헤매던 정보가 입국 심사대 직원도, 현자 모자를 쓰고 근엄하게 앉아 있던 경호원도 아닌 저 어린 소년에게있었다니! 드디어 도착비자 심사대에서 졸다 깬 심사원들을 만났다. 그들은 손글씨로 하나하나 입국 심사 통과 서류를 작성했고 그러다 알파벳 하나 잘못 쓰면 종이를 찢고 처음부터 다시 작성했다. 인도의 아날로그 업무 처리 방식은 심장이 터질 것 같은 답답함으로 다가왔지만, 어디선가 다시 소년 같은 현자를 만날 수 있기를 기대해 보았다.

겨우 입국 심사를 끝내고 공항 밖으로 나왔을 때는 이미 새벽이었다. 저녁 늦게 도착한다고 숙소 주인에게는 말해 놨지만, 잠귀가 밝은 아버지랑 살고 있으니 걱정 말라는 메시지를 마지막으로 연락은 끝이었다. 게다가 지금은 늦은 저녁이 아니라 새벽이었다. 집주인이 에라, 모르겠다 하고 자고 있으면 어떡하지?

'무엇을 상상하든 그 이상을!'

비행기에서 입국 심사를 받으러 가는 통로에 커다란 포스터가 한 장 붙어 있었다. 금빛투성이의 붉은 옷을 입은 인도 남녀가 과하게 밝은 미소를 지으며 환영한다고 말하고 있었다. 밑에는 무엇을 상상하든 그 이상을 보여주겠다는 문구가 써 있었다. 남녀의 짙은 이목구비 탓이었을까 아니면 처음으로 발을 디딘 인도여서일까. 그 문구가 뇌리에 박혀 인도를 돌아다닐 때마다 떠나질 않았다. 앞으로 무슨 일이 일어날지 기대되는 인도 여행의 첫날이었다.

인
도

험난한 인도 입문기

콜카타는 인도에 입문하기 가장 좋은 도시다. 당시에는 모든 게 충격적이었지만, 내가 여행한 인도의 지역 중에서 적당함을 가장 잘 아는 지역이었다. 콜카타는 적당한 강도로 상식을 부숴 버렸다가 적당한 강도로 인도를 다시 사랑하게 만들었다. 콜카타를 먼저 여행했기 때문에 그다음 더한 것들을 대비할 수 있었다.

콜카타 공항에서 나왔을 때 각오를 단단히 한 것이 민망할 정도로 공항 밖에 대기하고 있는 택시들은 깔끔하고 멀쩡했다.

어두운 새벽 시간에도 줄줄이 서 있는 노란 택시들은 꽤 귀여워 보일 정도였다. 그런데 자세히 보니 택시들의 사이드 미러가 하나같이 박살나 있었다. 어쩌다 깨진 것을 아직 수리하지 않았나 싶었는데 알고 보니 뒤를 돌아보면 재수가 없다는 미신 때문에 본인들이 직접 깬 것이었다. 그들은 뒤에 누가 오든, 뒤따라오던 차가 전복되든 아무 관심이 없었다. 그저 앞만 보고 질주했다. 신이 나서 우리에게 이런저런 얘기를 하는 운전자를 보며 사이드 미러를 박살 낸 채 운전하는 게 훨씬 재수 없지 않냐고 말하고 싶었지만, 운전대를 잡고 있는 그에게 굳이 그런 말을 할 필요는 없다고 생각해 말을 아꼈다.

숙소가 있는 동네에 도착했을 때, 온 동네 개들이 튀어나와 택시를 에워쌌다. 흔히 보는 작은 강아지가 아니라 엄청나게 큰 들개들이었다. 열댓 마리가 짖지도 않고 자동차 헤드라이트 빛에 반사된 눈동자를 반짝이며 '어디 한 번 내려 봐'라는 험악한 표정으로 다가왔다. 사람이 사는 동네가 아니라 들개 왕국에 함부로 발을 디뎠다는 생각이 들었다. 택시 기사에게 여기가 맞냐고 수차례 물었다. 골목골목에 있는 가정집 사이에서 도대체 어디가 우리 숙소인지 알 수 없어서 내리지도 못하고 우왕좌왕하고 있었다. 그때 누군가 창문을 똑똑 두들겼다.

"안녕! 에어비앤비 예약한 사람 맞지?"

할아버지 한 분이 인자한 얼굴로 방긋 웃고 있었다. 우리가 예약한 숙소의 주인이었다. 우리가 이때 도착할지 어떻게 알았을까. 어떻게 이 택시 안에 우리가 타고 있다는 걸 알았을까. 궁금한 게 많았지만 다 필요 없었다. 그는 들개 왕국에서 우리를 구하러 온 구원자였다.

인도의 날씨는 한국과 달랐다. 어느 계절이라고 꼭 집어 말할 수는 없지만 건조한 걸로 치면 겨울 되기 직전의 가을 같았고, 더운 걸로 치면 여름 되기 직전의 봄 같았다. 하지만 밤만 되면 꽃샘추위가 찾아온 것처럼 추웠다. 겨울 날씨에 맞춰 가져온 패딩이 전혀 쓸모가 없다고 느꼈기에 옷을 새로 사야 했다. 우리는 시장을 가기 위해 떨리는 마음으로 숙소를 나섰다. 여행자들에게 구글 지도는 꼭 필요한 필수 어플이다. 어플에서 '뉴마켓'이라는 시장으로 가는 경로들을 알려 줬다. 그중 최단 시간에 도착하는 방법으로 '버스'를 추천했다. 시장이 생각보다 가까워 기뻤지만, 우리의 일정은 버스 정류장에서부터 삐거덕거리기 시작했다.

"우리 몇 번 버스 타야 돼?"

"모르겠어…."

"저거 몇 번이라고 적혀 있는 거야?"

"그것도 모르겠는데…."

이곳을 버스 정류장이라고 불러도 되는지조차 의문스러웠다. 표지판도, 전광판도, 팻말도 아무것도 없었다. 그저 사람들이 멍하니 기다리고 있길래 서 있었는데, 때마침 탱크처럼 생긴 버스가 정류장 앞에 멈췄다. 정차 시간은 딱 5초였다. 5초 동안 사람들이 뛰어내리고 올라탔다. 어떻게 저렇게 빨리 뛰어내리는지, 사람이 다 타지도 않았는데 버스가 출발할 수 있는지 이해가 가지 않았다. 어떤 사람은 버스가 달리고 있는데 뛰어내렸다. 이들만의 룰이 있는 걸까? 당혹스러운 것은 그뿐만이 아니었다. 버스에 번호가 없었다. 있는데 우리가 못 알아본 것일 수도 있다. 일반적으로 생각하는 숫자가 아니라 그림 같은 것이 그려져 있었는데 인도 사람들은 그 그림을 단박에 알아보고 올라타고 뛰어내렸다. 모든 게 5초 만에 이루어졌다. 당황스러워하고만 있을 수는 없었다. 그 나라에 가면 그 나라 법을 따라야 한다. 옆에 보따리를 한가득 들고 있던 인도 아저씨에게 뉴마켓에 어떻게 가냐고 물었다. 아저씨는 몇 번 버스를 타면 된다고 대답했지만 도저히 알아들을 수가 없었다. 그래서 계속 "뉴마켓! 뉴마켓!"을 외쳤는데 아저씨가 저 멀리 다가오는 버스를 가리켰다.

"저거 타요? 저거 타라는 거죠?"

아저씨가 고개를 끄덕이기 무섭게 두 허벅지에 힘을 꽉 줬다. 저 버스에 올라타고야 말리라.

인생 최악의 과일

꾸역꾸역 올라탄 인도 버스는 살면서 만난 버스 중에서 제일 정신없었다. 쇳덩어리 버스는 승객들이 쏠리든 말든 요단강을 휘젓는 뱃사공처럼 차체를 여기저기 흔들면서 달렸다. 인도인들은 땅 위를 걷는 것처럼 아무렇지 않게 자신의 위치를 찾아갔다. 보따리에 목만 빼놓은 닭들의 꽥꽥대는 소리는 바람 소리가 어우러져 귓구멍을 따갑게 때렸다. 따가운 건 귓구멍뿐만이 아니었다. 버스를 꽉 채운 사람들이 모두 우리를 쳐다봤다. 뒤통수가 따갑다 못해 뚫릴 지경이었다.

외국인이 그것도 어린 애들이 버스에 갑작스럽게 뛰어들었으니 어리둥절했을 것이다. 그러나 이 순간 이곳에서 제일 어리둥절한 건 우리였다. 우리는 버스 밖으로 튕겨 나가지 않기 위해 아무 봉이나 붙잡고 서 있었다. 그때 굉장히 무시무시한 인상의 할아버지와 눈이 마주쳤다. 다른 승객들의 호기심 어린 눈빛과는 조금 다른 눈빛이었다. 우리는 한참 후에야 눈빛의 의도를 깨달았다. 버스 요금을 달라는 것이었다. 역무원으로 보이는 할아버지는 영어를 아예 못 하셨다. 사방에서 퍼져 나오는 클랙슨 소리와 정신없이 들려오는 힌디어를 피해 얼마냐고 고함을 지르며 물어도 눈 하나 깜빡이지 않은 채 돈을 내라는 표정만 짓고 계셨다. 우리가 당황해하자 다른 승객들이 한마디씩 꺼내기 시작했다.

"어디서 왔니?" "부모님은?" "어디로 가니?" "너희 몇 살이야?"
"한 사람당 9루피씩 내면 된단다."

수없이 쏟아지는 질문 중 '한 사람당 9루피'라는 말을 귀신같이 듣고 돈을 지불하니 다른 질문이 쏟아졌다.

"너희끼리 온 거야?" "이 버스는 왜 탔어?" "인도로 여행 온 거야?"

여기에 서 있다가는 질문에 파묻히겠다는 생각이 들어 얼른 고개를 돌렸는데 모든 좌석이 꽉 차 있었다. 운전석 쪽에 '여성용'이라고 적혀 있는 조그마한 공간만 군데군데 비어 있었다. 정신을 못 차릴 만큼 혼란스러운 상황에서도 인도는 버스도 여성용 자리와 남성용 자리를 나눈다는 사실을 깨달았다. 뉴마켓까지는 시간이 좀 걸렸다. 놀란 새가슴을 진정시키기엔 충분한 시간이었다. 여성용 좌석 끝자락에 간신히 쭈그리고 앉았는데, 옆에 앉아 있던 아저씨가 빙글 웃으며 비닐봉지를 뒤적거리더니 어떤 열매를 내밀었다.

"저희 먹으라고요?"

낯선 곳에서 낯선 이가 주는 음식을 함부로 받아 먹으면 안 된다는 것쯤은 알고 있다. 하지만 모두가 지켜보는 곳에서 음식을 거부하면 기분 나빠하실 것 같아 웃으면서 받았다. 대추 크기의 열매에는 하얀 가루가 잔뜩 묻어 있었다. 솔직히 수상했다. 내가 가만히 들고만 있자 먹는 법을 몰라서 안 먹는다고 생각하셨는지 비닐봉지에서 똑같은 열매를 꺼내 먼저 드셨다. 아삭 소리가 났다. 똑같은 봉지에서 꺼내 먹었는데 무슨 일이 있겠어? 저 봉지 안에 한데 엉켜있었으니 이상한 거라면 본인이 먹는 모습을 보여 주진 않았을 거야. 아주 조금만 맛보자. 아주 조금만. 앞니로 정체불명의 과일을 살짝 베어 물었다.

"으악!"

상상을 초월하는 맛이었다. 단언컨대 살면서 처음 먹어 보는 맛이었고, 앞으로 두 번 다시 먹지 않을 맛이었다. 최악이었다. 과일에서 뜨뜻한 구들장에 5일간 묵힌 삶은 달걀 맛이 났다. 뿌려져 있던 가루는 아주 짠 소금이었다. 콜카타를 여행하면서 무엇이 가장 기억에 남냐고 물어보면 지금도 바로 그 열매가 기억에 남는다고 말한다. 누군가 내 입 안에 독방귀를 뀐 것 같은 맛을 어떻게 잊을 수 있을까. 얼굴에 있는 모든 근육을 부들부들 떨며 맛을 지우려고 했지만 버스가 뉴마켓에 도착할 때까지, 뉴마켓에서 스카프와 펄럭이는 바지를 사서 입을 때까지, 다음 여행지인 바라나시행 기차표를 예매하고 다시 집으로 돌아올 때까지 입 안에 남아 있었다.

누군가 인도에서 가장 기억에 남는 음식이 뭐냐고 물은 적이 있다. 여러 음식이 머릿속을 스쳐 지나갔지만 내 대답은 정체불명의 그 과일이었다. 가장 최악이었지만 가장 강렬했던, 그래서 더욱 인도 같았던 그 과일. 아직도 잊지 못한다.

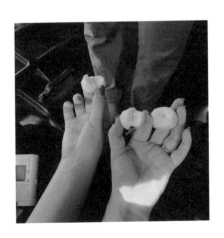

인도

공포의 바라나시행 기차

어릴 때 단잠에 빠져 있으면 아빠는 종종 〈동물의 왕국〉을 봤다. 잔잔하고 힘 있는 내레이션이 들리면 신기하게도 눈이 떠졌다. 아직도 기억에 남는 편은 하이에나 무리에게 지는 사자 이야기다.

"아빠, 사자가 왜 하이에나한테 져?"
"하이에나가 훨씬 많잖아."
"하지만 사자는 동물의 왕인데?"
"원래 쪽수에서 밀리면 못 이겨. 너도 누구랑 싸울 때 괜히

자존심 부리지 말고 상대가 많으면 일단 튀어. 안전한 게 제일
이니까."

"그럼 튀지 못하는 곳에서는 어떻게 해야 돼?"

인도 여행 입문자 코스였던 콜카타를 지나 중급자 코스인 바
라나시를 가기 위해 슬리핑 기차를 탔다. 슬리핑 기차 안에는
하이에나 같은 사람들이 가득했다. 다 녹슨 철문과 갓난아이 한
명 빠져나가기 어려운 창살이 우리를 위협했다. 내부는 빛이 바
래긴 했지만 나름 화려한 민트색으로 칠해져 있었다. 다 뜯어진
좌석과 70~80년대 취조실이 연상되는 희미한 전구 불빛, 어둠
속에서 지나치게 반짝거리는 눈빛들을 보니 우리는 하이에나
무리에 갇힌 사자 꼴이었다.

슬리핑 기차 칸은 꽤 넓었다. 그러나 자리에서 꼼짝도 할 수
가 없었다. 내 돈 주고 예매한 자리에 인도 아저씨들이 천연덕
스럽게 엉덩이를 비집고 앉았다. 눈이라도 마주치면 오히려 더
노골적으로 쳐다봐서 내가 먼저 시선을 피했다. 그들은 대놓고
손가락질하며 자기들끼리 수군거렸다. 동물의 왕국에서 사자가
하이에나 무리에게 속수무책으로 먹이를 뺏기는 상황이 이제
야 이해되었다.

이 열차를 타고 바라나시를 향해 오랫동안 떠나야 했기에 따가운 시선을 어떻게 버텨야 할지 막막했다. 기차 안에서는 피할 곳이 없었다. 아니, 피하면 안 됐다. 무임승차한 사람들이 호시탐탐 내 자리를 노렸기 때문이다. 이미 내 자리에 끼어 앉아 있는 아저씨는 내가 먼저 비키기만을 노리고 있었다. 그들에게 예매라는 개념은 없었다. 그저 남의 자리에 엉덩이를 들이밀고 앉을 수 있냐 없냐의 개념만 남아 있을 뿐이었다. 원래의 나라면 길길이 날뛰면서 불같이 화를 냈을 것이다. 하지만 여기서는 찍소리도 할 수 없었다.

고개를 들 때마다 시야 안에 있는 모든 사람과 눈이 마주쳤다. 다들 내가 무언가를 할 거라는 기대감을 품고 있는 것 같았다. 여기서 그들의 관심을 더 끌었다가는 위험했다. 잦은 여행으로 무덤덤해졌던 위험 감지 센서가 적색 경보음을 울렸다. 내가 할 수 있는 건 스카프로 머리 전체를 두르는 것뿐이었다.

드넓은 인도의 땅을 달리다 밤이 찾아왔다. 그동안 배고프다는 생각도 들지 않았다. 목은 조금 말랐는데 화장실을 다녀오고 나니 한 모금도 마시고 싶지 않았다. 창문 틈으로 인도의 찬 바람이 들어와 옷을 마구 헤집었다. 와글와글 떠들던 사람들도 하

나둘 누워 잘 준비를 했다. 내 맞은편에 앉은 할아버지는 어디선가 두꺼운 담요를 꺼내 덮었다. 딸칵 하고 불이 꺼졌다.

이제 시작이다. 절대 자면 안 된다. 위험 감지 센서는 정신을 바짝 차리라고 계속 경고했다. 밤이 오든 말든 기차는 계속 달렸고, 어떠한 안내음 없이 가끔 멈춰 섰다. 그때마다 엄청나게 많은 사람이 내리고 새로 올라탔다. 새로 올라탄 사람들은 바로 엉덩이를 들이밀 기세로 앉을 자리를 찾아다녔다. 마땅한 자리를 찾지 못한 그들은 변기 위에서, 문 앞에서, 통로에서 신발을 베개 삼아 드러누웠고, 우리 자리에 한두 개씩 짐을 올려놨다. 행여나 본인 짐과 헷갈려 우리 짐을 가져갈까 봐 각자 자리에서 가방을 꽉 끌어안고 긴 밤을 뜬눈으로 버텼다.

그렇게 기차는 바라나시를 향해 달려갔다.

133

나의 좋은 죽음을 위하여

바라나시의 아침은 날마다 울부짖는 소와 개와 닭의 울음소리, 그리고 마법 주문 같은 기도 소리로 가득 찼다. 이전에 있었던 인도의 콜카타가 대한민국의 대전 같은 느낌이었다면 바라나시는 서울 같았다. 사람도 많고, 동물도 많고, 차도 많고, 무법자도 많았다. 거기에 끊임없이 말을 거는 사람도 많았다.

"어디 가? 내가 데려다줄까?"

"아니, 됐어."

"보디가드 필요하지 않아?"

"아니, 괜찮아."

"나 길 잘 알아. 데려다줄 수 있어."

"공짜로?"

"그럼!"

'웃기고 있네!'

　무료로 데려다준다고 해서 동행했다가 목적지에 도착하니 그래도 어느 정도 돈을 주는 게 성의 아니냐는 식의 수법을 여러 번 당했었다. 우리는 친구가 기다리고 있다고 대충 얼버무리고 바라나시 시내를 돌아다녔다. 바라나시는 좁은 미로 같은 곳이었다. 거인이 인도의 바라나시를 바라본다면 개미굴 같다고 생각할 것이다. 1층도 2층도 아닌 애매한 높이의 건물들에는 형형색색의 옷감이 공간을 가득 채우고 있었다. 길에는 소들이 느릿느릿 걸어다니고, 소 다리 사이로 어린아이들이 천진난만하게 뛰어다녔다. 코가 마비될 정도로 여기저기서 향냄새가 진하게 뿜어져 나왔고, 사방팔방 힌디어가 들렸으며, 사람들의 손과 귀에 달린 수많은 장신구는 쉴 새 없이 짤랑짤랑 소리를 냈다. 여기서는 길을 잃는 게 당연했다. 쪽 길이 너무 많고, 그 길이 이 길 같았다. 구글 지도는 매번 버벅거렸다. 그럴 때는 그냥 마음 놓고 즐기다가 도로변에서 릭샤를 타면 됐다. 릭샤는 아날로그 버전의 택시라고 생각하면 되는데 바퀴 달린 의자에 손님이 앉으면 릭샤꾼이 직접 끌어서 목적지에 데려다주고 돈을 받는다.

"릭샤요!"

도로변에 나와 릭샤를 부를 때였다. 릭샤를 끌 수 있을까 우려될 정도로 나이 든 할아버지가 다가왔다. 릭샤는 최대 2인까지 탑승이 가능해서 그래쓰와 둘이서 한 릭샤를 탈 계획이었기 때문에 기사님의 작은 체구에 많이 당황했다. 눈대중으로 봐도 기사님의 몸무게는 40킬로그램이 될까 말까 했다. 우리의 몸무게는 합치면 100킬로그램이 넘기 때문에 아무리 봐도 불가능할 것 같았다.

"기사님, 저희 다른 릭샤 탈게요."

"왜?"

"우리 무거워요. 혼자 못 끄실 거예요."

"아냐, 할 수 있어!"

"그럼 한 명만 타고 다른 한 명은 다른 릭샤 탈게요."

"아냐, 둘 다 내 릭샤에 타. 그리고 돈을 두 배로 줘."

"힘드실 것 같은데…."

"할 수 있어. 얼른 타!"

"그럼… 갠지스강까지 가 주세요."

예상했던 대로 할아버지는 굉장히 힘들어하셨다. 높은 릭샤에 앉아 마른 나뭇가지 같은 기사님의 어깨를 바라보며 이래도 되나 싶었다. 눈이 마주칠 때마다 그는 "노 프로블럼!"을 외치며 돈을 두 배로 주기로 한 것을 잊지 말라고 당부했다. 두 배라고 해 봤자 한국 돈으로 3,000원이 채 되지 않는 금액이었다.

"기사님은 돈을 버는 이유가 뭐예요?"

갠지스강 근교에 도착해서 땀을 비 오듯 흘리는 기사님을 보니 나도 모르게 이런 질문이 튀어나왔다. 실례가 되는 질문인 것 같아 노심초사하고 있을 때 생각하지도 못한 대답을 들었다.

"나의 좋은 죽음을 위해서."

좋은 죽음이라니. 무슨 뜻일까. 무언가 더 물어보기도 전에 그는 다른 손님을 찾아 서둘러 걸음을 옮겼다. 이해가 되지 않았다. 죽기 위해 돈을 번다는 건가. 영문을 알 수 없는 할아버지의 답변은 갠지스강을 보니 이해가 되기 시작했다.

갠지스강은 인도인에게 가장 신성한 장소로 '어머니'라고 불린다. 많은 사람이 빨래를 하고, 물을 마시고, 목욕을 하고 있었고, 동물들이 그 옆을 아무렇지 않게 지나갔다. 물의 오염도는 상당히 높았다. 인도 사람들이 신성하게 여긴다 해도 행여 물방울이 튈세라 보트에 조심히 몸을 실었다. 보트는 갠지스강의 한가운데로 둥실둥실 나아갔다. 어둠이 서서히 내리자 갠지스강의 한쪽에서 하나둘 불이 켜졌다. 축제가 열린 것이었다. 낮보

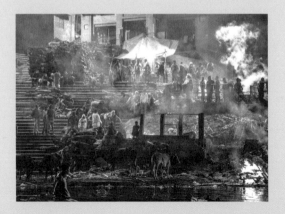

다 훨씬 많은 사람들이 모여 커다란 행렬을 만들었다. 사방에서 횃불이 활활 타올랐고, 장신구들이 짤랑거리는 소리를 냈다. 북과 악기들은 리듬에 맞춰 소리를 냈고, 사람들이 노래인지 기도인지 모를 말을 하면서 춤을 췄다. 들뜬 분위기에 맞춰 내 기분도 서서히 들뜰 때쯤이었다. 바로 그때 눈앞에서 죽음이 펼쳐졌다.

처음에는 눈을 의심했다. 단 하루도 꺼진 적이 없다던 갠지스 강의 화장터에는 어마어마한 불길이 활활 타오르고 있었다. 그 불길 위에 흰 천으로 둘둘 말린 시신들이 던져지고 있었다. 한 번도 맡은 적 없는 시체 타는 냄새가 코를 찔렀다. 하늘을 향해 올라가는 새카만 연기 사이로 다음에 들어갈 시신이 차례를 기다리고 있었다. 그 옆으로 소들이 지나갔고, 바로 앞에서 어린아이들이 까르륵 웃으며 수영을 했다. 아이들을 지켜보며 아낙네들은 빨래를 했고, 그 주변을 여행자들의 보트 떼가 에워싸고 있었다.

'말도 안 돼…'

이렇게 슬픔이 없는 장례식이 있단 말이야? 누군가의 구경

거리가 되는 죽음이라니. 태워지는 시체가 저렇게 많은데 누구 하나 소리 내어 울지 않는 것이 충격으로 다가왔다. 나에게 죽음이란 가슴이 찢어질 정도로 아프고 슬픈 것이었다. 나에게 죽음은 사랑하는 아빠를 떠나보내고 두 번 다시 볼 수 없음에 가슴 아파하는 것, 남겨진 이들이 추억들을 정리하고 회상하며 그리움에 고통스러워하는 것이었다.

"저 사람들은 왜 슬퍼하지 않아?"

나의 질문에 배를 몰던 가이드가 의아한 듯 되물었다.

"왜 슬퍼해야 해?"

"그야… 다시는 못 보잖아."

"너도 언젠가 죽을 거잖아."

"…"

"나중에 다시 만날 텐데 뭐. 오히려 부러워. 어머니의 축복을 받으며 다른 세상으로 가니까."

"부럽다고?"

"응. 나도 돈 많이 벌어서 꼭 여기서 죽을 거야."

그는 죽음이란 누구나 한 번씩 겪는 일이기 때문에 전혀 무서워하거나 슬퍼하지 않아도 된다고 했다. 어머니의 강에서 태워지면 좋은 곳으로 가기 때문에 슬퍼 울 이유가 없다고 덧붙였다. 힘겹게 릭샤를 몰던 할아버지가 떠올랐다. 갠지스강에서 죽기 위해 그토록 열심히 일하셨구나. 알 수 없는 이유로 마음이 진정되기 시작했다.

죽음은 슬픈 게 아니야. 다른 세상으로 가는 거야. 누구나 죽으니까 나도 언젠가 그 세상으로 갈 거야. 우리는 다시 만날 거니까 슬퍼하지 말자.

별이 쏟아지는
신비로운 인도의 사막

인도에서 1박 2일 사막 캠프를 할 수 있다는 걸 알았을 때 그렇게 큰 기대는 하지 않았다. 사람이 아무도 없는 곳에서 할 게 있을까라는 생각이 강했다. 그래서 가이드가 잠은 어디서 자겠냐고 물었을 때 제일 싼 야외 취침을 선택했는데 사막에 도착하니 두 눈을 의심할 수밖에 없었다.

"엄청 예쁘잖아…."

고운 베이지색 모래들이 모여 하나의 언덕을 만들고, 그 언덕이 모여 낮은 모래 동산을 만들었다. 그런 동산들이 끝도 없이 펼쳐져 있었다. 아무도 건들지 않은 자연 그대로의 모습이었다. 사람의 손길이 닿지 않은 모래 동산에서는 쓰레기 하나 볼 수 없었다. 이게 사막이구나. 건조한 바람과 어떠한 생명력도 느껴지지 않는 적막이 정말 신비로웠다. 나는 사막에 홀딱 반했다.

모래 동산을 넘고 그다음 모래 동산을 넘으면 요술 램프와 마법 양탄자가 숨겨져 있는 동굴이 나올 것 같았다. 달리고 또 달렸다. 내가 지나온 곳마다 발자국이 생겼는데 바람이 불면 발자국은 흔적도 없이 사라졌다. 영화에서나 보던 장면이 눈앞에 펼쳐지자 신나서 계속 달렸다. 슬리퍼에 모래알이 들어왔다. 예전 같으면 모래알이 거슬렸을 텐데 지금은 슬리퍼가 거슬렸다. 그래서 맨발로 달렸다. 모래가 내 무게와 함께 눌리고 밟히고 밀리면서 발바닥을 통해 감촉이 그대로 느껴졌다. 감촉이 좋아서 몇 번 구르기도 했다. 너무 행복해서 소리도 질렀다. 한국에서 이랬다면 미친 사람처럼 보였을 것이다. 하지만 여기에는 아무도 없었다.

가슴이 계속 두근두근 뛰었다. 아드레날린이 분출되는 게 생

생하게 느껴졌다. 타고 온 낙타들이 무심한 표정으로 건초를 먹고 있었고, 우리의 숙박과 숙식을 해결해 줄 인도 집시 아저씨들이 어슬렁어슬렁 음식을 준비하고 있었다. 얼마나 뛰어다녔을까. 제풀에 지쳐 쉴 때쯤에는 노을이 예쁘게 지고 있었다. 사막에서 보는 노을은 붉은 물감을 잔뜩 머금은 붓을 물통에 넣은 것 같았다. 노을의 붉은 빛이 뻥 뚫린 하늘과 모래 속으로 막힘없이 유연하게 스며들었다. 넋을 잃고 노을을 구경하고 있을 때 가이드가 말을 걸었다.

"화장실에 갔다 와요."
"지금은 안 마려워요."
"해가 지면 어두워서 길을 잃어요."
"화장실이 어디에 있는데요?"
"여기가 다 화장실이죠."

가이드는 깔깔깔 웃으며 사막 전체를 가리켰다. 하긴 사람이 없는 사막에 화장실이 어디 있을까. 그냥 참을까 고민했지만 나중에 그래쓰와 사이좋게 궁둥이 까고 볼일 보는 불상사는 피해야겠다 싶어서 덤불 더미를 찾았다. 해가 완전히 다 떨어지기 전에 볼일을 보러 다녀온 건 정말 잘한 일이었다.

사람의 손길이 전혀 닿지 않는 곳은 전기가 없다는 걸 뜻했다. 사람 마음을 훔치던 노을은 시간 감각까지 함께 훔쳐 갔다. 어둡다는 사실을 알아차렸을 때는 이미 늦은 후였다. 사막의 어둠은 세상에서 제일 어두웠다. 눈앞에 손바닥을 가져다 놔도 하나도 보이지 않을 정도로 어두웠다. 해가 지면 길을 잃는다는 소리가 겁주기 위한 농담이 아니었음을 깨달았다.

자연스레 집시 아저씨가 피운 모닥불로 옹기종기 모였다. 어디선가 젬베 소리가 희미하게 들려왔다. 그 소리에 맞춰 내 심장도 둥둥 울렸다. 꿈만 같았다. 나무토막들이 타닥타닥 소리를 내며 주황빛 불꽃을 피워 냈다. 게슴츠레 뜬 내 눈두덩이 위로 연기와 고운 모래가 춤을 추면서 날아가고, 모래 언덕에 비스듬히 기대앉은 등 뒤로 모래의 서늘함이 부드럽게 느껴졌다. 집시 아저씨들이 넓적한 은쟁반에 인도 쌀밥과 커리와 난을 담아 줬다. 딸그락거리는 식기 소리와 이리저리 흔들리는 장작 불빛, 낙타 몰이꾼과 집시 아저씨들이 도란도란 떠드는 소리가 잔잔하게 퍼졌다. 커리를 다 먹고 장작불에 구워진 닭고기와 고구마도 호호 불어 가며 먹었다. 어둠 속에 딸랑거리는 낙타 종소리와 하늘을 가득 채운 별들이 계속해서 꿈이라고 말하는 것 같았다.

India

무심코 고개를 들었다가 발견한 별들은 하늘에 박힌 보석 같았다. 어찌나 밝고 많은지 별이라는 걸 인지하기까지 5초 정도 걸렸다. 사진을 찍으려고 이리 뛰고 저리 뛰고 오두방정을 떨며 카메라를 들이밀었지만 어떻게 찍어도 그대로 담기지 않았다. 침낭을 끌고 와 모래 위에 드러누웠다. 밤이 깊어질수록 별들은 더욱더 환하게 빛났다. 사막의 바람이 장작불을 끄니 우주에 혼자 남은 것처럼 고요했다. 적막 사이로 별들이 재잘재잘 말을 걸었다.

어떤 나라에서도 이렇게 많은 별을 본 적이 없었다. 여기는 별이 당연하다는 듯 하늘을 가득 채우고 있었다. 당장 내 눈앞에서 빛나는 핸드폰 화면보다 저 멀리 있는 별들이 더 밝다면 믿어질까. 밤마다 찾아오는 별들 때문에 사막이 더욱 신비롭게 느껴졌는지도 모른다.

파리에서 만난 인연,
필승이

그를 처음 만난 건 파리의 어느 혼성 도미토리였다. 우리가 지낼 방은 6인 혼성 도미토리였는데, 인생 첫 혼성 숙소였다. 외국의 혼성 도미토리에는 이상한 사람들이 많다고 들어서 잔뜩 긴장한 채 자물쇠를 여러 개 사 들고 갔다. 도미토리에서 처음 만난 사람이 바로 피르만이었다. 내 옆 침대 자리였던 피르만은 우리가 주섬주섬 짐을 정리하는 소리를 듣고 고개를 빼꼼 내밀었다. 선해 보이는 인상을 가진 피르만을 보고 긴장이 풀려서 나도 모르게 "안녕? 어디서 왔니?"라고 말을 걸었다. 그것이 우리의 첫 대화였다.

스위스 사람인 피르만은 자신의 인도 친구가 프랑스에서 결혼을 해서 축하해 주러 여기까지 왔다고 했다. 그러고는 "너희는 한국에서 왔지?" 하며 우리의 국적을 단번에 알아맞혔다. 유럽에 있는 동안 매번 중국인 또는 일본인이냐는 소리만 들었던 참이라 피르만의 말에 깜짝 놀랐다.

"전에 만났던 사람이 한국 여성이었어."

오래전에 사귀어서 잘 기억나지 않지만 본인 이름인 '피르만'을 한국어로 쓸 줄 알고, '오빠'라는 단어는 기억한다고 했다.

"네가 기억하는 '오빠'가 화가 담긴 '오빠!'야, 아니면 애정 담긴 '오빠~'야?"

피르만은 잠시 고민하다 "둘 다."라고 대답했다. 좋은 사람이었다면서 전 애인에 대한 예의를 지키는 그가 참 괜찮은 사람으로 보였다. 가끔 무례하거나 생각이 짧은 행동을 하던 몇몇 유럽 사람들과 달리 그는 예의를 차렸고, 어느 정도 선을 지킬 줄 알았다. 매력적인 성격이 마음에 드니 그의 외적인 것들이 눈에 들어왔다. 그는 아주 멋있는 수염을 기르고 있었고, 눈웃음을 자주 지었으며 옷을 잘 입었다.

　한 번은 내 뒤에 거울이 있는 걸 깜빡하고 있다가 그가 뭐하
냐고 물어서 도도하게 일하는 중이라고 답한 적이 있다. 그는
"볼 의도는 아니었지만 예능 프로그램 보는 거 다 보여."라고
말하며 다 이해한다는 표정을 지었다. 금방 친해진 우리는 그에
게 '필승이'라는 이름을 지어 주었고, 그는 우리를 영어 이름이
아닌 한국 이름인 옥선과 수인으로 불렀다. 그가 스위스로 돌아
가는 마지막 날, 하루 종일 그와 함께 파리를 여행하기로 했다.

　"아! 나 한국어 하나 더 기억났어."
　"뭔데?"
　"아주 나쁜 욕이야."

　욕이 기억난다는 말에 고개를 끄덕거렸다. 욕처럼 그 나라 언
어를 제일 빨리 배우는 단어가 어디 있겠나. 시베리아 횡단열차
에서 만난 오형제에게 제일 먼저 배웠던 것도 러시아 욕이었다.
잔뜩 기대한 채 괜찮으니 말해 보라고 했다.

　"되게 나쁜 말인데… 괜찮아?"

"괜찮아! 말해 봐."

한참을 머뭇거리던 피르만이 조심스럽게 꺼낸 말은 예상외의 단어였다.

"닭대가리."

"뭐? 닭대가리?"

생각보다 귀여운 욕에 우리는 듣자마자 폭소했다. 닭대가리라니, 너무 귀엽잖아! 전 애인에게 어쩌다 닭대가리라는 소리를 들었는지는 모르겠지만 우리는 닭대가리가 그렇게 나쁜 욕은 아니라고 위로했다.

그와 함께 시시덕거리며 작은 레스토랑에 들어갔다. 배가 아주 많이 고팠던 우리는 여러 가지 음식을 시켰다. 그중 '라클렛'이라는 음식이 가장 맛있었다. 스위스 음식인 라클렛은 미니 프라이팬 위에 치즈를 녹여 감자와 피클과 함께 먹는 음식인데 정말 꿀맛이었다. 프랑스를 배경으로 먹어서 그런지, 와인과 함께 먹어서 그런지 그때 먹은 라클렛은 익숙하면서도 놀라운 맛이었다. 포근한 감자에 늘어나는 치즈를 감싸고 그 위에 피클 한 조각을 올려서 먹은 다음 레드 와인으로 싹 입가심할 때의 황홀함이란!

"스위스에서 먹으면 이거보다 더 맛있어."

"정말?"

"스위스 취리히에 오면 꼭 연락해. 내가 진짜 라클렛을 대접할게."

피르만과 헤어질 때 인스타그램 아이디를 주고받았다. 우리는 다음을 기약하며 헤어졌다.

에펠탑에서
광란의 파티를

사람들은 파리를 완벽한 도시라고 말한다. 모든 영화나 사진 속에 등장하는 파리 역시 가슴이 간질간질해지는 무언가가 느껴진다. 그래서 파리에 처음 갈 때 가슴이 뛰었다. 얼마나 로맨틱하고 자유로움이 철철 흘러넘칠지 기대됐다. 명품의 본고장답게 고풍스럽고 역사 깊은 브랜드들이 줄지어 서 있는 거리, 에스프레소와 크루아상을 먹는 멋진 사람들, 잔디밭에 누워 청춘을 즐기는 아름다운 젊은이들을 기대했다.

환상이 박살 나기까지는 오래 걸리지 않았다. 파리의 물가는

이해할 수 없을 만큼 비쌌고, 거리 곳곳에는 부랑자가 많았으며, 항상 하수구 냄새가 났다. 사람 무서운 줄 모르는 쥐들은 길거리를 당당하게 파워 워킹으로 활보했고, 어른들은 길거리에서 담배를 뻑뻑 피우며 지나갔다. 젊은이는 두 부류로 나뉘었다. 지하철에서 무단 탑승을 밥 먹듯이 하는 무리, 아무 때나 길거리에서 바지를 열어젖히고 오줌을 싸는 무리. 기대가 큰 만큼 실망도 컸다.

도대체 파리에 왜 오는 거야? 다들 입을 모아 찬양하는 에펠탑을 갔을 때도 마찬가지였다. 세계 각국에서 모여든 사람들 틈에 앉아 에펠탑을 바라보는 게 전부였다. 그동안 미디어는 파리가 뭐가 그렇게 아름답다고 찬양한 거지? 그냥 SNS의 허세에 불과했던 것일까. 에펠탑 앞에서 와인과 함께 하루를 보냈다고 하면 아름다운 하루를 보낸 것 같으니까? 물론 에펠탑은 아름다웠다. 하지만 이 모든 실망감을 없앨 정도로 대단하지는 않았다. 파리는 에펠탑 빼면 아무것도 없다고 엄마한테 메시지를 보내고 있을 때였다.

"안녕, 애들아. 혹시 우리 사진 하나 찍어 줄 수 있니?"

옆에 앉아 있던 호주인들이 사진을 찍어 달라고 말을 걸었다. 별생각 없이 핸드폰을 건네받아 사진을 찍고 돌려줬는데, "너희도 찍어 줄까?" "어디서 왔어?" "한국? 나 BTS 알아!" 하며 끊임없이 말을 걸었다. 어느 순간 우리는 한자리에 앉아 같이 와인을 마시게 되었다.

함께 논 호주 친구들은 총 4명이었다. 루카, 케이, 버디는 남자였고, 여자는 썸머 한 명이었다. 그들은 어린 시절부터 함께한 사총사인데 썸머와 루카는 예전에 연인 사이였다고 한다. 그리고 지금은 케이가 썸머를 좋아하고 있다고 했다. 이게 무슨 관계인가 싶어 혼란스러웠지만 문화 차이라고 생각하며 말을 아꼈다. 어느새 우리 곁에는 빈 와인 병들이 즐비했고, 와인 색으로 물든 얼굴은 웃음을 쏟아 내느라 정신없었다. 날씨는 선선했고 서서히 저물기 시작하는 노을은 엄청나게 예뻤다. 알코올의 힘은 대단했다. 학창 시절 이후 사용하지 않아 까먹었던 영어 실력을 원어민급으로 레벨 업시켰고, 한평생 다른 나라에서 산 호주인들과 어깨동무하면서 이가 쏟아질 듯 웃음을 터뜨리게 했으니 말이다.

"뭐 해! 빨리 마셔!"

163   France

"잠깐만! 나 취할 것 같은데?"

"뭐? 이 정도밖에 못 마시는 거야? 한국인 실망인데?"

"야, 덤벼!"

하늘이 빙글빙글. 에펠탑이 빙글빙글. 웃음소리가 빙글빙글. 모든 게 돌았다. 어느새 에펠탑은 안중에도 없었다. 막차 시간도 신경 쓰지 않았다. 그저 그 순간이 너무 즐거웠다. 간만에 만난 또래들과 와인을 병째로 들고 마시는 게 너무 재밌어서 웃음이 계속 터져 나왔다. 다들 어디에선가 들려오는 노래에 맞춰 춤을 추었다.

시간이 얼마나 지났을까. 사람으로 가득했던 잔디밭에는 우리만 남아 있었다. 그래쓰는 통기타 하나 들고 버스킹을 하던 아저씨에게 함께 노래를 부르자고 청했고, 한껏 취한 루카는 백 텀블링을 했다. 버디는 내가 쓴 모자를 탐냈으며, 케이와는 인스타그램 아이디를 주고받았다. 취해서 얼굴이 새빨개진 썸머는 사랑스러운 웃음을 한가득 짓고 있었다. 그리고 우리의 뒤에는 에펠탑이 빛나고 있었다.

이 순간이 사진을 찍은 것처럼 머릿속에 한 장면으로 남았다.

머릿속에 찍힌 사진은 그 자체로 아름다웠다. 사진 속 우리는 쥐들이 뛰어다녔을 잔디밭에 뒹굴면서 싸구려 와인을 섞어 마셨고, 시덥지 않은 농담을 주고받으며 미친 듯이 웃었다. 내일 분명히 머리가 엄청 아프겠지. 카드 내역을 보고 눈이 튀어나올 만큼 놀랄 거야. "무슨 와인을 이렇게 많이 샀어!" 하면서. 하지만 후회하지 않아.

내가 느낀 파리의 아름다움은 원 없이 쏟아진 우리의 웃음소리에 있었다. 잔뜩 취해서 드러누운 잔디밭에도, 루카의 곱슬머리에도, 춤추던 썸머의 구둣발 소리에도, 바꿔 쓴 버디의 모자에도, 초승달처럼 휘던 케이의 눈웃음에도, 에펠탑이 빛나던 모든 순간에 아름다움이 있었다.

조금만 다르게 바라보면 알 수 있다. 평범한 순간들 사이에 얼마나 많은 아름다움이 숨어 있는지를.

프랑스가 아름다운 이유

프랑스는 묘하게 예술적이다. 물론 나는 예술이라고는 전혀 모른다. 하지만 파리가 예술에 풍덩 빠진 나라라고 자신 있게 말할 수 있다. 호주 친구들과 아름다운 추억을 남긴 후부터 오후가 되면 에펠탑이 보이는 잔디밭에 앉아 가만히 노을이 지는 걸 보고 숙소로 돌아갔다. 가만히 빛나는 에펠탑을 보면 친구들과 함께 놀던 그 순간으로 돌아간 것 같았다. 핸드폰 앨범에 에펠탑 사진이 빼곡해졌다. 우리의 일상은 2유로짜리 와인 하나 사 들고 에펠탑을 가는 것이었다.

우리는 개선문 앞에 앉아 맥도날드에서 사 온 더블 치즈를 추가한 치즈버거를 우걱우걱 먹고 하염없이 길을 걸었다. 나는 파리의 작은 것들도 사랑하기 시작했다.

기름진 머리를 신경 쓰지 않고 담배를 피우면서 바게트를 먹는 할머니의 힙함, 지하철 개찰구에서 돈을 내지 않고 펄쩍 뛰어넘어 가는 꼬마의 자유로움, 벌건 대낮부터 술에 취해 있는 노숙자의 핑크색 스타킹과 호피 무늬 스틸레토 힐을 신고 있는 여성까지.

누구나 완벽하기는 어렵다. 하지만 그런가 보다 하고 대수롭지 않게 넘기는 건 편하다. 지금도 해결되지 않는 어떤 상황에 불만이 생기면 '저 사람은 저렇게 하는 게 더 좋은가 보다'라고 생각하며 넘기려고 한다. 그러면 마음이 자유로워진다. 자유로움은 파리가 가진 가장 큰 예술성이자 에펠탑의 상징이다.

171   France

France

어떻게
사랑하지 않을 수 있겠어

　　파리의 아름다움은 굉장히 짓궂어서 찾으려고 노력하면 보이지 않는다. 그냥 아무 생각 없이 돌아다니다 보면 어느 순간 훅하고 치고 들어와 절대 잊지 못하게 만드는 것이 파리의 매력이다. 프랑스 파리를 네 번째 방문했을 때 일이었다. 유난히 하늘이 맑았던 날. 나랑 그래쓰는 오랜만에 아침 조깅을 하러 밖에 나왔다. 그동안 몽마르뜨 언덕을 검색해서 가면 늘 몽마르뜨 묘지에 도착했기 때문에 이번엔 묘지를 검색한 후 출발했다.

"여기가 어디야?"

"몰라. 근데 여기 엄청 예쁘다."

형형색색의 낮은 건물들이 길을 따라 쭉 줄지어 서 있고, 길의 끝에는 옹기종기 모여 있는 파리 시내가 내려다보였다. 파리를 네 번이나 왔지만 이렇게 예쁜 길은 처음이었다. 그 길의 코너에 핑크빛의 예쁜 가게가 하나 있었는데 가게 앞에 아저씨 네명이 서로를 마주 보며 서 있었다. 대수롭지 않게 지나치려는 찰나, 그들이 노래를 부르기 시작했다. 악기 하나 없이 네 남자

175

의 목소리가 어우러져 완벽한 하모니를 만들었다. 배낭을 멘 여행자들, 강아지와 산책 나온 현지인 모두가 멈춰 서서 노래를 들었다. 햇볕은 따스하고 바람은 상쾌했다. 조금 전까지 조깅을 했던 탓에 심장은 기분 좋게 쿵쿵 뛰었다. 네 남자의 즉석 공연은 파리의 순간을 더욱더 완벽하게 만들어 줬다.

그들은 높고 낮은 음성으로 화음을 맞추고 눈빛으로 속도를 조율하다가 볼을 손가락으로 튕겨 '뽕!' 하는 소리를 만들어 냈다. 노래는 정말 환상적이었다. 100유로 아니 1,000유로도 아깝

지 않은 수준이었다. 노래를 끝낸 아저씨들은 곧장 자기 갈 길을 떠났다. 박수갈채가 쏟아지는데도 쿨하게 떠나는 그들의 뒷모습을 보며 나도 저렇게 늙고 싶다는 생각을 했다. 몽마르뜨 언덕이 아닌 생뚱맞은 길에 도착했지만 돈 주고도 못 볼 경험을 했다. 다시 한번 파리를 사랑하게 되었다. 아, 파리는 너무 아름다워. 이렇게 아름다운 곳을 어떻게 사랑하지 않을 수가 있겠어!

　최근 넷플릭스에서 드라마 〈에밀리 파리에 가다〉를 보는데 몇 년 전에 우리가 만났던 아름다운 거리가 등장했다. 드라마를 보고 나서야 그 거리가 '아브뢰부아 거리'라는 사실을 알게 되었다. '끝으로 이어지는 길'로 알려져 있는 이 길은 파리에서 가장 예쁜 길이라고 한다. 드라마가 인기를 얻으면서 많은 사람들이 아브뢰부아 거리에도 관심을 가지기 시작했다. 하지만 그 길은 네 남자의 하모니가 함께했을 때 가장 예쁠 것이다. 우리만 아는 아름다움이 있어 프랑스는 여전히 특별한 나라다.

스위스

행복은
핫초코의 여유에서 시작된다

예전에 읽은 책에서 아직도 기억나는 대화가 있다. 각지에서 모인 외국인이 유럽을 동서남북으로 나누는 기준이 무엇인지 토론하고 있었다. "독일은 동유럽이지" "무슨 소리야. 거기는 북유럽이지!" "아니지, 이탈리아 정도가 동유럽이지"라며 자신만의 기준으로 유럽의 국가들을 나누고 있을 때 어떤 사람이 "그럼 스위스는?" 하고 물었다. 그러자 방금까지 자신의 말이 맞다며 싸우던 사람들이 한목소리로 "스위스? 그냥 비싼 나라에 불과해!"라고 외쳤다. 스위스는 동쪽이고 서쪽이고 할 거 없이 그냥 비싼 나라인 것만 알면 된다는 것이다.

여행 가기 전부터 '비싼 나라'라는 말이 뇌리에 콕 박혔다. 독일이든 이탈리아든 유럽의 높은 물가에 치를 떨었었는데, 유럽 사람들이 비싸다고 하는 나라라니 스위스의 물가는 도대체 얼마나 비쌀까 걱정됐다. 가성비를 따지면 스위스 한 번 갈 바에 다른 나라 두세 곳을 가는 게 효율적이라고 생각했다. 그러나 여행은 효율이랑 거리가 멀다. 오직 그곳에서만 느낄 수 있는 것들이 있고, 그 순간에만 느낄 수 있는 것들이 있다. 그곳이 스위스라면 더더욱 그렇다.

"나 여기에서 살고 싶어!"

스위스 관광청의 초청을 받아 중부에 위치한 도시 인터라켄

에 도착하자마자 사랑에 빠졌다. 눈 덮인 인터라켄은 동화의 한 장면 같았다. 하이디가 뛰어다닐 것 같은 알프스산맥이 웅장하게 서 있었고, 산 밑으로 삼각형 지붕의 가정집들이 듬성듬성 모여 있었다. 가정집 사이로 기차가 지나갔다. 기차가 지나갈 때마다 집의 창문이 덜컹거렸다. 집 안의 깜빡이는 호박빛 불빛이 우리를 온화하게 맞이해 주는 것 같았다. 실제로 스위스 사람들은 온화하고 따뜻했다.

어느 식당에 들어갔다. 벽난로에서 장작이 타닥타닥 타고 있었다. 플랜더스의 개와 비슷하게 생긴 강아지가 '너 누구야? 어디서 왔어? 나 쓰다듬어 볼래?'라는 표정으로 꼬리를 흔들며 다가와 냄새를 맡았고, 두툼한 옷을 잔뜩 껴입고 계신 식당 주인 할머니는 우리가 추위에 떨까 걱정하시며 마시멜로가 듬뿍 들어간 핫초코를 주셨다. 핫초코는 정말 진하고 달았다.

"맛은 어떠니?"
"너무 맛있어요!"
"스위스산 초콜릿과 우유로 만든 거니 맛있을 수밖에. 행복한 소가 만들어 냈거든."

행복한 소가 만들었기에 맛있을 수밖에 없다니. 주인 할머니는 웃는 얼굴로 우리가 주문한 퐁듀를 느릿느릿 만드셨다. 창밖으로는 함박눈이 사박사박 쌓이고 있었고, 벽난로의 장작은 자그마한 소리를 내며 타고 있었다. 따뜻한 풍경 안에 앉아 달콤한 초콜릿을 먹으니 모든 대화가 낭만적으로 느껴졌다. 눈이 내리는 속도에 맞춰 느긋하게 퐁듀를 기다리며 예전에 엄마와 했던 대화를 떠올렸다. 엄마에게 언젠가 알프스산맥 언덕의 통나무집에서 양털을 깎으며 살고 싶다고 말한 적이 있다. 내 로망을 들은 엄마는 기겁하며 "통나무집이라니! 난방은 어떻게 할거야? 알프스산맥에는 마트도 없잖아. 그리고 네가 양털을 어떻게 깎아?" 하고 잔소리를 퍼부었다.

그렇지만 엄마, 행복은 그런 여유에서 나오는걸. 행복한 소가 우유를 만들고, 그 우유로 초콜릿을 만들어 먹는 이런 여유에서 말이야.

알프스산맥에서 썰매를

　　스위스의 한겨울은 어디를 가나 눈이 한가득 펼쳐져 있다. 그래서일까 스위스 사람들은 매년 겨울마다 썰매나 스키를 타러 간다. 그것도 무려 알프스산맥으로.

　"알프스산맥에서 썰매를 탄다고?"

　상상이나 했을까. 알프스산맥에서 썰매를 타다니. 이거야말로 하이디 체험인 것이다. 두근두근 떨리는 마음으로 두툼하게 챙겨 입고 알프스산맥을 오르기 시작했다. 눈 내리는 소리가 빗

소리처럼 들린 적은 처음이었다. 한국에서 조용히 내리는 눈만 봤었는데 스위스에 와서야 눈도 소리를 낸다는 걸 알게 됐다. 눈 내리는 소리는 아주 사랑스러웠다. 어떤 말로도 표현하기 어렵지만 비교를 하자면 아침에 나를 깨우러 온 강아지의 코가 내 볼에 닿는 소리, 밀가루 반죽 위로 고운 설탕을 뿌리는 소리, 김이 펄펄 나는 더운물에 홍차 티백을 담글 때 찻잎이 퍼지는 소리 같았다. 스위스의 겨울은 가슴이 몽글몽글해지는 소리로 가득했다. 눈 내리는 소리에 걷잡을 수 없이 설레서 못 견딜 때쯤 안내자가 꽤 경사가 있는 곳에서 썰매를 툭 내려놓으며 외쳤다.

"자, 여기서 타세요!"

"네? 여기서 타라고요?"

"네! 여기서부터 어디서든 즐기시면 됩니다!"

어떠한 인공 장치 하나 없이, 비탈길에 떨어지는 것을 방지하는 보호막이나 이동 제한선 같은 것들 하나 없이 눈과 경사만 있다면 알프스산맥의 어디서든 썰매를 탈 수 있었다. 아주 어릴 적 아빠가 밀어 주던 빙판 썰매 말고 눈썰매는 생전 처음이었다. 얼떨떨한 마음과 견딜 수 없는 설렘을 담아 발을 굴렀다. 그러자 스르륵 하고 썰매가 부드럽게 미끄러져 내려갔다. 햇빛에 비친 눈 결정체가 보석처럼 반짝거렸다. 너무 예뻤다. 예쁘다는 말은 이럴 때 쓰는구나 싶었다. 나를 태운 썰매는 느리지도 너무 빠르지도 않은 속도로 알프스산맥의 이곳저곳을 스쳐 지나갔다. 나니아 연대기의 사슴 인간이 살고 있을 법한 동굴을 지나 크리스마스트리 같은 나무들이 빽빽한 길도 지났다. 오두막집에는 따뜻한 수프가 보글보글 끓고 있을 것 같았고, 지붕 위로 새하얀 눈이 이불처럼 쌓여 있었다. 두 볼은 발갛게 상기됐지만 추운 줄도 몰랐다. 어떻게든 이 순간을 조금 더 즐기고 싶어서 여기저기 뒹굴 뿐이었다.

스키장은 썰매장과는 비교가 안 될 정도로 경사가 가팔랐다. 스키를 잘 못 타는 나는 기가 팍 죽었다.

"엄청 재밌겠다! 더 높은 곳으로 가자!"

"응….."

스키를 잘 타는 그래쓰는 신나서 더 높은 곳으로 가자고 했다. 이 넓은 곳에서 서로를 잃어버리면 절대 못 찾을 것을 알기에 조용히 따라갈 수밖에 없었다. 죽을 맛이었다. 스키장 역시 안전 장치 같은 건 없었다. 안전 요원도 없었다. 24시간 내내 함박눈이 내리기 때문에 제설 시간 같은 것도 없었다. '이곳에서만 스키를 타시오' 따위의 가이드라인도 없었다. 그냥 알프스산맥과 눈, 케이블카가 끝이었다. 스위스 스키장은 아주 심플했다. 눈이 워낙 폭신폭신해서 넘어져도 안 아프긴 했지만 그래도 스키장은 겁이 났다. '산 너머로 굴러떨어지면 어떡하지. 누가 나를 찾으러 오긴 올까. 이대로 눈에 묻혀 버리는 건 아닐까' 같은 걱정으로 쥐꼬리만큼 조금씩 천천히 내려가고 있었다. 그때 내 옆으로 유치원생 정도 되는 아이들이 씽씽 달려 나갔다. 밤톨만 한 손으로 대를 잡고 내려가는 폼이 한두 번 타 본 솜씨가 아니었다. 스위스 아이들에게는 태어날 때부터 이곳이 뒷동산이자 놀이터였을 것이다.

뒤돌아보자 눈 덮인 알프스산맥이 빛나는 해를 가린 채 늠름하게 서 있었다. 멋있고 부러웠다. 언젠가 나도 스위스에서 살고 싶다. 알프스산맥이 훤히 보이는 곳에서 눈과 함께 살고 싶다.

다시 만난 필승이

올라프가 된 기분으로 스위스의 위대한 자연에 푹
빠진 나는 매일같이 인스타그램에 스위스 사진을 올렸다. 퐁
듀 먹는 사진, 썰매 타는 사진, 초콜릿 먹는 사진, 융프라우에
서 찍은 사진 등등. 스위스에서 한국으로 돌아가기까지 이틀
밖에 안 남은 날이었다. 인스타그램으로 누군가에게 메시지가
왔다.

[안녕, 얘들아. 너희 지금 스위스니?]

필승이었다. 프랑스에서 만났던 나의 스위스 친구 피르만. 세상에서 제일 맛있는 라클렛을 대접하겠다고 약속했던 내 친구!

[필승아! 반가워! 우리 지금 스위스야. 너는?]

[나도 스위스야! 취리히에 있어. 보고 싶다 얘들아.]

[당장 갈까?]

[그럼 좋지!]

우리는 와도 좋다는 답장을 받자마자 바로 짐을 쌌다. 바로 기차를 타고 인터라켄에서 취리히로 달려갔다. 여행지에 현지인 친구가 있다는 것, 보러 갈 사람이 있다는 것이 이렇게 든든하고 벅찬 일인 줄 이때 처음 알았다. 그동안 필승이는 어떻게 지냈을까? 아픈 곳은 없겠지? 기차는 막힘없이 달리고 달려 취리히에 도착했다. 기차 문이 열리자마자 필승이가 양팔을 벌리고 서 있었다. 기다리고 있었구나! 우리는 그렇게 스위스에서 다시 만났다. 피르만은 새로 알려 줄 소식이 두 개 있다고 했는데 첫 번째는 자신이 초등학교 선생님이 되었다는 것이고, 두 번째는 애인이 생겼다는 것이었다. 우리는 그의 연애 소식에 굉장히 기뻐해 줬다. 애인이 10살이나 어리다는 사실을 알기 전까지 말이다. 10살이나 어린 사람이라는 말을 듣자마자 도둑놈이

Switzerland

라고 생각했지만 굳이 입 밖으로 꺼낼 필요는 없었다. 그의 숙소에서 신세를 져야 했기 때문이다.

"취리히에는 얼마나 있을 예정이야?"

"딱 이틀만 있을 거야. 그다음 한국으로 떠나."

"그럼 그냥 내 집에서 지내!"

"그래도 돼?"

"응. 룸메이트들이 있긴 한데 괜찮아."

그의 룸메이트들은 좋은 사람이었다. 의사로 활동하고 있는 독일인 클라라와 스위스의 어느 회사원으로 지내고 있는 오스트리아인 벤처는 갑자기 찾아온 우리를 환영해 줬다. 필승이와 그의 엘리트 친구들의 일상은 내가 생각했던 낭만 가득한 루틴과 똑같았다. 그들은 돌아가면서 아침 당번을 정해 놓고 당번이 일찍 일어나 부엌의 큰 테이블에 식사를 차렸다. 빵을 튕겨 내는 토스터의 경쾌한 소리와 큰 창으로 쏟아져 들어오는 아침 햇살과 햇볕에 살살 녹는 부드러운 버터, 빵에 발라 먹을 여러 종류의 잼과 향이 끝내주는 드립커피가 아침을 채웠다.

필승이가 자랑했던 눈물 나게 맛있는 라클렛도 낭만적이었다. 프랑스에서 먹었던 라클렛과 크게 다른 재료는 없었지만 훨씬 맛있었다. 이게 바로 행복한 소가 만들어 낸 우유와 치즈의 힘인가.

"어때? 맛있지?"
"응! 너무 맛있어!"

조그마한 토스터와 탈부착이 가능한 프라이팬으로 이루어진 라클렛 기계를 하나 사고 싶다는 생각을 했다. 그럼 한국에 돌아가서도 이 맛을 느낄 수 있지 않을까. 강렬한 욕구는 수하물 초과로 실을 수 없을 것이라는 필승이의 조언 덕에 무산되었다.

필승아 잘 지내니? 네가 그렇게 먹고 싶다던 김치찌개랑 한국 초코 과자 말이야. 다음에 한가득 가져갈 테니 너희 집의 낡은 라클렛 기계로 같이 라클렛 만들어 먹고 실컷 놀자. 마법 같았던 하루하루가 아직도 그리워.

환상 속에만
존재하는 이집트

어릴 때 애니메이션을 좋아했다. 성인이 되고 나서도 아직도 생각나는 작품이 몇 개 있는데 그중 하나가 〈이집트왕자〉다. 이집트 특유의 몽환적인 노래와 보는 사람을 압도하는 거대한 피라미드와 스핑크스, 그리고 광활한 사막은 어린 시절부터 이집트에 대한 환상을 키우기에 충분했다.

그로부터 몇 년이 흐른 지금, 그토록 꿈에 그리던 이집트에 왔다. 어린이를 위한 애니메이션과 현실은 현저히 달랐다. 이집트 공항에서 나오자마자 택시 기사들이 슬금슬금 다가왔다.

"너희 어디까지 가니?"

"카이로에 가."

"싸게 해 줄게. 내 택시 타고 가."

"이미 우버 불렀어. 괜찮아."

"이집트에 우버 없어. 그거 다 사기야."

우버는 멀쩡히 있었고 택시 기사가 제시한 금액이야말로 사기 수준이었다. 다행히 예약한 우버를 만나 이집트의 중심인 카이로에 들어갈 수 있었다. 택시를 타는 동안 창밖에 이집트의 풍경이 펼쳐졌다. 상상했던 것보다 이집트의 풍경은 더 혼란스러웠다. 모래 먼지를 흠뻑 뒤집어쓴 건물들이 듬성듬성 서 있었고, 옆에 함께 달리는 6인승 트럭에는 사람들이 꽉꽉 끼어 앉아 있었다. 그리고 그 옆을 낙타와 양 떼가 먼지를 휘날리며 역주행했다. 이게 무슨 상황이지? 이것이 그들의 문화인가?

문화라면 받아들이자고 마음먹었지만 생각대로 되지 않았다. 택시가 카이로로 진입하고 얼마 되지 않아 갑자기 눈앞에 피라미드가 나타났다. 온몸에 소름이 돋았다. 애니메이션에서만 보던 그 피라미드였다. 자세히 보기 위해 창문을 열었는데 갑자기 악취가 나기 시작했다. 무슨 냄새인가 싶어 주변을 둘러보니 꽤

규모가 큰 장터 한가운데에 서 있었다.

잠시 차를 세워달라는 부탁에 우버 기사는 "노 프로블럼!"을 외치며 그 자리에 바로 차를 세웠다. 뒤에 오던 차들은 아무렇지 않게 옆 차선을 침범하고 갈 길을 갔다. 한국이었으면 벌써 대판 싸움이 일어날 일이었지만 여기는 그렇지 않았다. 그들의 교통 문화였다. 이때까지만 해도 이집트에 왔다는 사실에 심취해 있었다. 그래서 받아들이기 힘든 문화들이 수시로 나를 찾아와도 애써 모른 척하고 있었는데, 택시에서 내리자마자 외면할 수 없는 모습을 맞닥뜨리게 됐다. 마차를 끄는 말 떼는 배설물을 마구 싸질렀고, 햇볕에 고스란히 노출된 생선은 썩고 있었다. 내가 치든 네가 치든 알 바 아니라는 듯 마구 운전하는 차들과 고막을 찢을 듯한 경적 소리가 혼을 빼어 갔다.

하지만 그중에서 제일은 사람들의 눈빛이었다. 동물원 원숭이가 된다면 이런 기분일까. 흘깃 보는 게 아니라 아예 대놓고 쳐다보는 눈빛들이 어찌나 당당한지 눈이 마주치면 화들짝 놀라 고개를 돌리는 건 우리 쪽이었다. 동양인 여자애들을 향한 관심은 갈수록 도를 지나쳤다. 우리가 카이로 시내를 돌아다니면 몰래 사진을 찍었고, 싫다고 해도 졸졸 따라오는 사람들이 있었다. 사방팔방에서 들리는 "니하오!" 소리는 양반이었다. 하루는 뒤를 쫓아오던 남학생 무리가 내 머리카락을 잡아 머리끈을 풀었다. 이집트에서 여성의 머리카락은 성스러운 것과 섹슈얼한 의미를 가지고 있다. 새파랗게 어린 남학생들이 외국인 관광객을 성희롱한 것과 다름없는데 주변 남자들은 그저 흥미진진한 표정으로 바라보고, 여자들은 히잡을 고쳐 쓰고 그 자리를 떠났다. 물론 모든 이집트인이 그러지 않다는 걸 알지만, 몸과 마음이 지쳐 버려 이집트에 대한 악감정이 스멀스멀 피어올랐다. 어릴 때부터 품어 오던 환상의 이집트는 정녕 없는 걸까.

이중인격의 이집트인들

　　하루하루 지날 때마다 이집트는 상상 초월이었다. 상상을 초월할 만큼 무질서하거나 상상을 초월할 만큼 인종 차별이 심했다. 물론 인종 차별은 어디를 가나 있다. 하지만 이집트는 인생 처음으로 간 중동이었고, 늘 오픈 마인드로 문화를 받아들이고자 했던 나조차 숙소에만 있게 만들었다. 유일하게 호스텔 직원들만이 노골적인 시선을 주지 않았다. 아마 여러 인종을 자주 만나기 때문이 아닐까 싶었지만, 숙소에도 문제가 있었다. 이집트의 숙소는 나의 여행 인생 중 압도적인 비율로 더러운 숙소 1위를 차지하고 있는데 (그 기록은 현재까지도 깨지지 않았다.) 숙소에 있을수록 몸이 아플 정도였다.

선풍기는 고대시대부터 작동하지 않은 것처럼 먼지가 한가
득이었다. 한 번도 세탁한 적 없는 것 같은 침구류에는 그동안
지나온 수많은 사람의 땀과 침 자국이 그대로 있었다. 바닥을
걸으면 발바닥이 본래의 색을 잃었다. 가끔 새끼 고양이 크기의
바퀴벌레가 지나가기도 했다. 매일 씻었지만 청결은 5분도 유지
할 수 없었다. 이집트의 습도는 먼지 구덩이 선풍기를 틀 수밖
에 없게 했고, 외출하고 돌아올 때마다 받는 스트레스 때문에
침대에 대자로 누워 잠들지 않고는 견딜 수 없었다. 결국 나는
개도 안 걸린다는 한여름 감기에 걸려 버렸다.

"지조, 혹시 감기약 있어?"

지조는 호스텔에서 허드렛일을 도맡아 하던 직원이다. 그는
우리에게 주방을 몰래 쓸 수 있게 해 주었고, 그 답례로 나는
한국에서 가져갔던 오뚜기 짜장 분말을 사용해 짜장면을 해 줬
다. 지조는 짜장면을 블랙파스타라고 부르며 좋아했다. 그는 짜
장면 사진을 찍어 나를 태그해서 인스타그램에 올렸다. 지조는
내가 이집트에서 친해진 유일한 친구였다.

"왜? 너 어디 아파?"

"감기에 걸린 것 같아."

"저런! 잠시 기다려 봐."

엄청 걱정하며 아래층으로 후다닥 내려가는 지조의 뒷모습을 보면서 역시 위험한 밖보다 호스텔 안에 있는 게 더 좋겠다는 생각이 들었다. 수상한 컵을 하나 들고 서둘러 올라오는 친절한 지조를 보며 카이로에서 허송세월을 보내고 있는 건 아닐까 걱정하는 나 자신을 위로했다.

"이거 이집트식 감기 차야. 마셔 봐."

그가 가져온 컵 안에는 김이 펄펄 나는 노란 액체에 통후추로 추정되는 검은 알갱이가 둥둥 떠 있었고, 향신료로 보이는 잎사귀들이 짓이긴 채 가라앉아 있었다. 먹어도 되는 게 맞나 싶어 멈칫했지만 날 위해 친히 감기 차를 만들어 온 그의 성의를 무시할 수 없었다. 일단 받아서 방에 놓자고 생각했는데 뜨거울 때 마셔야 효과가 있다며 당장 자기가 보는 앞에서 마시라고 고집부렸다. 결국 소파에 앉아 감기 차를 전부 마실 수밖에 없었다. 감기 차는 코를 찢을 듯이 매웠다.

"자, 다 마셨어. 됐지?"

텅 빈 컵을 보여 주자 흡족한 미소를 짓던 그는 이제 경과를 살펴봐야 된다며 자신이 앉아 있던 소파 옆자리를 툭툭 쳤다.

"먹고 좀 누워서 쉬어야 해. 여기 누워."

"왜 그래. 너 의사 아니잖아."

"그렇지만 난 너의 의사가 되고 싶어."

그 즉시 일어나 그래쓰가 기다리고 있다며 내 방으로 들어갔다. 순수한 걱정 그 이상의 무언가가 있었다. 방에 들어오자마자 문을 이중으로 걸어 잠갔다. '필요한 건 없어?' '열은 내렸어?' '수건 더 필요하지 않아?' 등등 계속 오는 인스타그램 메시지를 보고 여기서 떠나야 할 시간이 다가왔음을 깨달았다.

그리고 다음 날 아침 일찍 식당을 찾아 길을 나섰다. 지조에게 주방을 쓰겠다고 연락할 자신도 없었고, 이집트 볶음밥이 맛있다는 이야기를 들었기 때문이었다. 그러다 로비에서 호스텔의 주인이라는 토마스를 만났다. 나름 멀끔한 의상을 입고 있었고 유창한 영어 실력을 지닌 사람이었다. 이집트에서 겪은 인종 차별이 힘들었다는 우리에게 본인이 대신 사과를 했다. 남은 날에는 좋은 기억을 남겨 주고 싶다며 식사를 대접하겠다고 했다. 이집트식 볶음밥이 먹고 싶다는 우리에게 더 좋은 걸 사 주지 못해 미안하다고 말하는 토마스를 보며 역시 이집트에도 좋은 사람은 있구나 생각했다. 그러나 그것은 착각이었다. 저녁이 되자 토마스는 자신의 파티에 우리를 데려가겠다고 했다. 선상에서 하는 파티인데 모두 너희가 오기를 기대하고 있다는 말도 덧붙였다. 선상 파티? 우리를 왜 기다리고 있지? 그래쓰와 나는 빠르게 눈빛을 교환했다.

"초대해 주어서 고마워. 하지만 선약이 있어서 못 갈 것 같아. 미안해."

"그럼 선약을 취소해."

"응?"

"선약 취소하라고. 무슨 약속이든 간에 우리 파티가 더 재밌을 거야."

"취소는 어려워. 파티는 못 가."

"아니! 가야만 해!"

친절하던 토마스는 온데간데없었다. 무조건 파티에 가야 한다고 우기는 모습을 보고 숙소에 돌아오자마자 누가 먼저라고 할 것 없이 짐을 쌌다. 더 이상 이 호스텔에 머물 수 없었다.

혼돈의 야간 버스

피라미드고 스핑크스고 뭐고 다 필요 없다. 우리는 더 이상 카이로에 있을 수 없다고 판단했다. 숙소 밖에서도, 숙소 안에서도 하루하루가 긴장의 연속이었다. 다합으로 가기 위해 버스 터미널로 이동했다. 내 어깨를 짓누르는 게 가방의 무게인지, 이집트인들에 대한 피로와 지친 마음인지 알 수 없었다. 매표소에서 일하는 직원이 대놓고 우리를 쳐다보며 "니하오!" 하고 말을 건넸다. 화낼 힘도 없어 고개를 끄덕였다.

"다합 가는 버스표 두 장 줘."

"좌석은 어디로 할 거야?"

"맨 앞자리로 줘."

버스표를 끊고 나니 밤 11시가 다 되었다. 다중 인격자 같은
토마스와 '어디야? 벌써 가는 거야?' 등의 메시지를 계속 보
내는 지조에 대한 생각을 차단하며 버스에 몸을 실었다. 그리
고 바로 잠이 들었다. 너무 지치고 피로했다. 얼마나 잠이 들었
을까. 갑자기 담배 냄새가 났다. 꿈이라기에는 생생하게 퍼지는
강력한 담배 냄새에 억지로 눈을 뜰 수밖에 없었다. 운전 기사
가 담배를 피우고 있었다. 실소가 터져 나왔다. 21세기가 맞는
걸까. 새카만 저녁 공기를 가르며 달려가는 이집트의 야간 버스
는 상상 그 이상이었다.

에어컨을 틀어 놓은 버스 안에서 줄담배를 피우는 운전 기사
와 내 머리 바로 위에 영화관을 능가하는 큰 볼륨으로 틀어져
있는 텔레비전, 텔레비전을 보며 박장대소하는 승객들로 정신
이 없었다. 설상가상으로 뒷자리 승객은 토를 하고 있었다. 그
래쓰는 이 상황을 어떻게 버티고 있나 궁금해서 쳐다보니 두 손
을 꼭 쥐고 찬송가를 흥얼거리고 있었다. 멜로디에 거친 욕설이
섞인 걸 봐서 찬송가도 그래쓰의 마음에 평화를 전달하지 못한

216

것 같았다. 두 손으로 귀를 막아야 할지, 눈을 가려야 할 지, 코를 막아야 할지 고민하던 나는 점점 머리끝까지 화가 치솟았다. 이집트인들은 왜 이렇게 자기 멋대로인가! 내가 얼마나 기대했는데!

씨근덕거리며 머릿속으로 욕을 퍼부은 지 몇 시간이 흘렀을까. 창밖이 서서히 밝아졌다. 불과 몇 시간 전만 해도 암흑 속이었는데 새벽이 다가오자 푸르스름한 빛이 눈두덩이 위로 흘러들어 왔다. 커튼을 치려고 신경질적으로 눈을 떴다가 한 대 맞은 것 같은 충격을 받았다. 몇십 년, 아니 몇백 년 동안 인간의 손길이 닿지 않았을 것 같은 돌산이 끝없이 펼쳐져 있었다. 어디서부터 시작이고 어디까지가 끝인지 보이지 않을 만큼 광활했다. 우리는 그 사이를 달리는 중이었다.

흔한 개미 한 마리도 보이지 않았다. 바람에 흔들릴 풀 한 포기나 그늘을 만들 나무 한 그루도 없었다. 오로지 돌덩어리들뿐이었다. 누군가 찍어 놓은 사진 속을 달리는 기분이 들었다. 그 정도로 비현실적이었다. 적막하고 웅장한 풍경에 얼마나 압도되었을까. 새벽의 푸르스름한 빛이 사라지고 서서히 해가 뜨기 시작했다. 해가 뜨면 뜰수록 사방이 반짝거렸다. 커다란 돌덩어

리들이 햇빛에 고스란히 노출되어 거대한 황금 산처럼 보였다. 사방이 반짝거렸다. 알리바바가 밟았다던 황금 동산이 혹시 여기인가? 모세가 자신의 백성들을 데리고 건넌 땅이 바로 이 땅인가? 옛날 이야기를 떠올리며 황홀감에 빠져 있을 때였다.

"다합! 다합!"

담배 서너 갑은 족히 피운 것 같은 버스 기사가 다합에 거의 다 왔음을 알렸다. 다시 가슴이 두근거리기 시작했다. 그동안의 분노를 잊고 생각지도 못한 일들이 나를 기다리고 있을 것 같은 예감에 설레기 시작했다.

배낭여행자들의 무덤

다합은 이집트의 수도 카이로와 분위기가 달랐다. 카이로는 대도시고 다합은 시골이어서 다른 건가 싶었지만 다합 사람들은 뭐랄까, 힙스터 같았다. 다합은 세계 각지의 배낭여행자들이 많이 오는 곳이고, 놀러 왔다가 아예 눌러사는 외국인이 많다고 한다. 그래서 '배낭여행자들의 무덤'이라고 불린다. 외국인들이 많이 살아서 그런지 마치 작은 지구촌 같았다. 가장 편했던 점은 우리를 괴롭히던 눈빛이 사라진 것이었다.

다합이 좋은 이유 중 가장 큰 부분을 차지했던 건 바로 바다였다. 바다를 향한 마음이 다합을 가기 전과 다녀온 후로 나뉜다고 해도 과언이 아닐 만큼 다합의 바다는 내게 큰 영향을 미쳤다. 엄청 맑아서 해변의 물속에서 화려한 비닐을 자랑하는 작은 물고기들이 보였다. 해변에 가만히 발을 담그면 물고기들의 지느러미가 발바닥을 스쳤다. 바닷속으로 들어가면 지상에서는 들을 수 없는 소리가 들렸다. 소라 껍데기에서 들리는 소리 같기도 하고, 공기 방울이 터지는 소리 같기도 하고, 물고기가 헤엄치는 소리 같기도 했다.

바닷물이 나를 잡아 주는 느낌도 좋았다. 물속에서는 그 어떤 무게도 느끼지 못했다. 바닷물이 내 손을 꼭 잡고 물속을 함께 거니는 느낌이었다. 그 느낌이 좋아 손발이 퉁퉁 불어 터질 만큼 바다에 잠겨 있다가 배가 고프면 근처 식당가에 갔다. 음료 한 잔을 시키고 앉아 있으면 수영하는 이집트 아이들의 모습이 보였다. 그들은 새하얀 이를 쏟아 낼 듯 웃으며 깊은 바닷속에 뛰어들었다. 수영 꽤나 한다는 사람들도 못 따라갈 만큼 이집트 아이들은 수영을 잘했다. 다만 물건도 잘 훔쳤기 때문에 바다에 제일 저렴한 슬리퍼를 신고 가야 한다는 점이 아쉬웠다.

다합에서의 하루 루틴은 매일 똑같았다.

1. 원하는 만큼 늘어지게 자고 일어나 간단하게 과일로 아침 식사를 한다. 이집트의 구황 작물은 거의 다 맛없으니 사 먹지 말 것.

2. 바다 수영을 하러 갈 채비를 한다. 선크림은 이집트의 태양을 이기지 못하므로 과감하게 패스한다. 옷은 무조건 바닷물에 망가져도 상관없는 것들로 입는다.

3. 나가기 직전에 노트북으로 보고 싶은 한국 예능 한 편을 다운받는다.

4. 바다로 가서 원 없이 논다.

5. 해가 지면 집으로 돌아와 씻는다. 예능은 아직도 다운로드가 안 되어 있다.

6. 나가서 밥을 사 먹는다. 카이로와 다르게 다합은 맛집이 나름 많다. 딸기 띡 셰이크는 꼭 먹는다.

7. 근처에 아이스 시샤(물담배) 가게에서 주인과 수다를 떨며 물담배를 피운다.

8. 소화가 다 되면 집으로 돌아와 다운받은 예능을 본다.

9. 졸리면 잔다.

다합에서의 나의 하루는 이게 전부였다. 해야만 하는 일 같은 건 없었다. 해결해야 하는 문제들도 없었고, 나에게 무언가를 요구하는 사람들도 없었다. 그저 사람들과 의미 없는 대화를 주고받고, 영양 성분 따위 생각하지 않은 채 먹고 싶은 것만 먹었다. 엄마한테 '오늘은 뭐 했어?'라고 카톡이 오면 '오늘도 먹고 자고 싸고 놀았어. 어제도 그랬고 아마 내일도 그럴걸?'이라고 답했다.

부지런하고 계획적인 사람이 한량처럼 지내는 나를 보면 한심하게 시간을 보낸다고 생각했을 것이다. 하지만 부지런한 사람도 다합에 오면 나와 똑같아질 것이라 자부한다. 그만큼 다합에서는 할 일이 없고, 사람들은 여유롭고, 하늘은 맑고, 바다는 늘 새로웠으며, 딸기 띡 셰이크는 달콤했다. 이게 전부였다. 그리고 이게 무척 즐거웠다. 주어진 조건 속에서 오로지 나의 행복을 위해 하루하루를 보낸 다합 덕분에 이집트의 미움이 애정으로 바뀌었다.

"다합이 왜 배낭여행자들의 무덤인지 알 것 같아."
"나도. 우리 여기 꼭 다시 오자."

사랑하는 사람과
걷고 싶은 거리

사람들은 각자 로망을 가지고 있다. 나는 여행에 로망이 있다. 여행을 가겠다고 결정을 내린 순간부터 목적지를 정할 때까지 설렘이 온몸을 사로잡는다. 여행의 로망은 상상과 실제가 다르다는 걸 확인하면서 와장창 깨진다. 하지만 그 '다름'에서 나오는 에피소드들이 여행의 재미가 된다. 지금 당장 어디로 여행을 가고 싶냐고 물어본다면 당연히 포르투갈이라고 답할 정도로 포르투갈은 내게 좋은 추억이다. 지금은 생각만으로도 그리워서 눈물이 날 정도로 보고 싶은 나라지만, 당시 여행지를 정할 때까지만 해도 포르투갈은 가장 로망이 없는 나라였었다.

처음 포르투갈에 도착했을 때 이곳이야말로 내가 상상하던 유럽의 모습이라고 생각했다. 잘 익은 호박의 빛깔을 지닌 지붕들과 곳곳에서 울리는 종소리, 많은 사람이 걸어 맨들맨들 반짝이는 길바닥, 지상 위를 달리는 노란 트램과 건물 벽을 예쁘게 수놓은 하늘색 타일이야말로 완벽한 유럽의 모습이었다.

리스본을 가장 아름답게 만든 건 다름 아닌 에그타르트였다. 노란 트램과 하늘색 타일만큼이나 에그타르트 가게도 사방에 깔려 있었다. 햇빛에 반사되어 반짝이는 에그타르트의 표면은 마치 작은 태양 같았다. 원래 에그타르트를 좋아하는 편은 아니었다. 굳이 내 돈 주고 사 먹지 않았었고, 누가 사 준다고 해도 최대 두 개까지만 먹고 내려놓는 편이어서 에그타르트를 그닥 좋아하지 않는다고 생각했다. 그러나 엄청난 착각이었다.

"와, 나 에그타르트 좋아하네!"

맛이나 보자는 마음으로 하나 사 먹은 에그타르트는 환상의 맛이었다. 감자칩처럼 얇고 바삭한 페이스트리와 한 입 베어 물자마자 잇자국이 스르륵 사라지는 부드러운 필링이 환상적이었다. 부드러운 계란 노른자와 진한 버터의 깊은 풍미가 한데

어우러지면서 계피 향이 침샘을 끊임없이 자극했다. 그동안 내가 먹은 것들은 뭐지? 장담하건대 리스본 에그타르트는 세상에서 제일 맛있는 에그타르트다. 곧바로 한 박스 구매하고 그 자리에 서서 게 눈 감추듯 먹어 치웠다. 그리고 바로 세 박스를 더 샀다. 이건 절대 충동 구매가 아니야. 합리적인 소비라고. 안 사는 게 죄악이야!

계속 있다가는 여행 경비를 거덜 낼 것 같아 다리를 억지로 움직여 서둘러 떠났다. 소금기 없는 바닷바람이 기분 좋게 불어왔다. 저 멀리 새하얀 갈매기가 그림처럼 날고 있었고 누군가 연주하는 작은 통기타 소리가 공기 속에서 리듬을 타고 돌아다녔다. 왼손에는 물 탄 에스프레소, 오른손에는 에그타르트 박스를 든 나는 여느 때보다 통통 튀는 발걸음으로 걸음을 재촉했다. 문득 예전에 알고 지내던 어느 사장님이 생각났다. 우연히 들렀던 리스본에서 에그타르트를 먹고 홀딱 반해 그길로 리스본에 눌러살며 에그타르트 가게에서 일했다고 했다. 그때는 그저 대단하다고만 생각했는데 지금은 충분히 이해가 됐다. 리스본은 아름답다. 환상적인 에그타르트를 바로 사 먹을 수 있는 것도, 버스보다 훨씬 느리지만 그래서 타고 싶은 노란 트램도, 반짝거리는 타일들도, 깨끗한 바닷바람도, 분수대에 앉아 까르르 웃는 젊은 연인들도, 테라스에서 노견과 함께 햇볕을 쬐는 선글라스를 낀 할아버지까지 모두 반짝반짝 빛이 났다. 평화롭고 유쾌하고 밝은 도시였다. 모든 거리가 사랑에 빠진 것만 같았다.

사랑하는 사람이랑 꼭 다시 가고 싶다. 반짝거리는 거리를 사랑하는 사람이랑 손잡고 걷고 싶다. 해가 지면 핑크빛 하늘로 물드는 도시를 함께 걸으며 세상에서 제일 맛있는 에그타르트를 먹을 것이다. 훗날 한국에 나만의 에그타르트 가게를 차리겠다고 스치듯 했던 생각이 굳은 다짐으로 변해 현재는 나의 버킷리스트가 되었다.

Portugal

누드비치와 선글라스

리스본에서 지내면서 늘 옷을 예쁘게 차려입었다. 깔끔하게 세탁한 옷을 입고 신발을 바르게 고쳐 신었다. 리스본의 예쁜 거리를 걸으면 왠지 사랑에 빠진 듯한 느낌이 들어서 늘 첫 데이트를 나가는 기분으로 단장했다. 그래 봤자 향하는 곳은 에그타르트 가게였지만. 그랬던 내가 라고스로 넘어가고 나서는 180도 바뀌어 버렸다. 라고스는 포르투갈 남부에 위치한 도시다. 라고스에 가게 된 이유는 딱 하나였다. 리스본에 있을 때 피자 가게에서 합석했던 포르투갈 커플이 추천했기 때문이다.

"라고스는 엄청 예뻐."

"라고스에 뭐가 있는데?"

"바다가 있지."

"바다는 리스본에도 있는걸?"

"라고스 바다는 리스본 바다와 달라. 운 좋으면 돌고래도 볼수 있어."

돌고래에 혹해 당장 가고 싶어졌다. 그러나 라고스의 바다는 돌고래로 유명한 게 아니었다. 유명한 건 따로 있었다. 현지인들 사이에서 라고스의 바다는 멋들어지게 말하면 프라이빗비치이자, 날 것 그대로 말하면 누드비치로 유명했다. 그 사실을 모르고 라고스에 도착했을 때는 그냥 시골 같다고 느꼈다. 우리가 예약한 숙소는 폐차된 버스를 개조해서 만든 버스호스텔이었다. 굳이 설명하지 않아도 어떤 분위기의 마을인지 상상이 될 것이다. 버스호스텔은 모든지 수동이었다. 에어컨은 당연히 없었고, 화장실은 소변밖에 볼 수가 없었다. 샤워실은 밖에 있었는데 동전을 집어넣어야 1분간 사용할 수 있었다. 주방은 가끔 물이 끊겨서 샤워실에서 양동이에 물을 길어 와야 했다. 무척 더운 여름이었다. 그늘막 하나 없는 공터에 자리 잡고 있던 버스호스텔은 시시각각 찜통으로 변했다. 땀이 계속 났다. 리스본

같은 데이트 복장은 온데간데없고 최소한 가려야 할 곳만 가린 채 거의 헐벗고 다녔다.

"앞에 해수욕장이 있다던데?"

"가자. 너무 덥다."

"좋아. 대신 물에 들어가지는 말자."

빨래를 절대 할 수 없는 환경이었기 때문에 예쁜 바다가 있어도 유혹에 지지 말자고 약속하고 바다로 향했다. 그리고 얼마 지나지 않아 눈앞에 바다가 나타났다. 라고스의 바다는 시골 바다의 장점을 모두 모아 놓은 곳이었다. 바닷물을 머금은 고운 모래들이 내 뒤를 쫓아 발자국을 남겼고, 높은 절벽은 파도가 얼마나 어루만졌는지 부드럽게 마모되어 있었다. 누구의 개인지는 모르겠지만 커다란 레트리버 한 마리가 잔뜩 신이 난 채로 여기저기 뛰어다녔다. 물감을 풀어 놓은 듯한 파란 바다가 발끝까지 다가왔다가 약 올리듯 후다닥 사라졌다. 이런 바다를 보고만 있어야 하다니!

바닷속에 당장이라도 들어가고 싶어 발을 동동 굴릴 때였다. 저 멀리 'LOST and FOUND'라고 적힌 박스가 눈에 띄었다. 박스 안에는 멀쩡한 티셔츠들과 유니섹스 사이즈의 반바지들이 널려 있었다. 주변을 둘러봤는데 아무도 없었다. 이건 신이 주신 선물이다! 우리는 당장 그 옷들로 갈아입었다. 찝찝함 따위는 상관없었다. 이 옷을 입고 실컷 물놀이하고 집에 갈 때 다시 우리 옷으로 갈아입으면 모든 게 해결된다는 생각뿐이었다. 입고 온 옷을 물이 닿지 않는 곳에 고이 올려놓고 바다로 뛰어들었다. 바다는 엄청 차갑고 깨끗했다. 예정에 없던 물놀이라 더욱 신났다. 그렇게 한참을 놀다 돌고래를 찾으러 바닷가 근처를 돌아다닐 때였다. 아무 생각 없이 절벽을 넘어가니 믿을 수 없는 광경이 펼쳐졌다. 실오라기 한 올 걸치지 않은, 그러니까 태어난 모습 그대로의 사람들이 해변에 있었다.

"여기 누드비치였어?"

말로만 듣던 누드비치를 실제로 본 나는 찍소리도 못 하고 가만히 바라만 보았다. 시선을 위로 두자니 눈이 마주쳐 인사를 해야 할 것 같고 아래로 두자니…. 눈알만 굴리다가 황급히 숙소로 돌아왔다. 누드비치라는 게 실제로 있구나. 정말 홀딱 벗고 즐기는구나. 나도 꽤나 열린 사람이라고 생각했는데 한참 멀었다는 생각이 들었다. 그곳이 내가 본 첫 누드비치였다. 우리는 다음 날 선글라스를 챙겨 들고 다시 누드비치에 갔다. 그래쓰는 세미누드라도 도전해 보겠다며 상반신을 탈의한 채 해변을 달렸다. 살색이 난무한 해변 한가운데에 그래쓰가 가슴에 자유를 준 채 달리는 모습은 무척이나 이상했다. 그런데 한 가지 확실한 건 절대 잊을 수 없을 추억이라는 것이다. 누드비치를 이야기할 때면 지금도 그때로 돌아가 생동감 넘치고 활기 넘치는 모습이 되어 버린다.

소피아와
잊을 수 없는 파티

이 내용은 유튜브에 업로드하지 않았던 포르투 이야기다. 누드비치처럼 찍으면 안 되는 상황을 제외하고 처음으로 카메라를 내려놓고 즐기기 바빴던 곳이었다. 여행 유튜버가 아닌 온전히 나로 머물렀던 순간이라고 할 수 있다. 우리는 깔끔하고 사랑스러운 리스본을 지나 순박하고 본능적인 라고스를 거쳐 포르투에 도착했다. 포르투는 어떤 곳일까 궁금증을 가지고 도착했지만 여행의 시작은 예상치 못한 '생일 파티'였다. 우리는 얼굴도 모르는 사람의 생일 파티에 초대받았다.

파티에 초대받기 4시간 전, 포르투에 도착하고 무거운 배낭을 내려놓기 위해 예약했던 숙소로 향했다. 딱 봐도 가정집이 즐비한 동네였다. 비슷하게 생긴 집들 사이를 헤매다 간신히 찾은 숙소의 문을 두들기자 한 여성이 급하게 문을 열었다. 30대 초반 정도로 보이는 얼굴에 건강해 보이는 구릿빛 피부와 볼륨감 있는 머리카락을 지닌 그녀는 우리를 보고 굉장히 당황해했다.

"누구세요?"

"안녕? 오늘 숙소 예약한 사람이야."

"예약했다고? 오늘?"

"응. 우리 에어비앤비 문자도 주고받았는데?"

"오… 깜빡했다! 이를 어쩌지."

그녀는 우리가 온다는 것을 완전히 깜빡한 것 같았다. 그녀 뒤로 흘깃 보이는 집 안에는 풍선과 전구들이 여기저기 붙어 있었다. 누가 봐도 홈 파티를 준비하는 모습이었다. 난감한 건 우리도 마찬가지였다. 슬슬 해가 지려 했고, 장시간 이동으로 체력이 바닥나기 시작했다. 이제 와서 숙소를 옮길 수는 없었다.

"일단 들어와, 애들아."

이제 와서 예약을 취소시키거나 내쫓으면 본때를 보여 주겠다는 마음으로 전투 모드를 하고 있던 나는 들어오라는 말에 마음이 누그러졌다. 그녀는 자신을 소피아라고 소개하며 2층 방으로 안내했다. 오늘 남편의 생일이라 깜짝 파티를 준비하는 중이라고 했다. 동네 친구들을 싹 다 불렀고, 곧 아무것도 모르는 남편이 오면 밤새 이 집에서 광란의 파티가 열릴 예정이라고 덧붙였다.

"너희가 예약한 것을 완전히 까먹고 있었어. 정말 미안해…."
"혹시 2박 예약한 것도 까먹은 거야?"
"뭐? 2박이야? 어떡하지…. 혹시 조식도 신청했어?"
"응."
"하…."
소피아는 긴 속눈썹을 파르르 떨었다. 온갖 감정이 휘몰아치는 것 같았다. 왠지 모를 안쓰러움에 괜찮다고 말하려던 찰나였다.
"그러면 너희도 함께 파티를 즐기면 되겠다!"

250

소피아가 두 눈을 반짝이며 해결책을 내놓았다. 바뀐 상황 하나 없이 그저 마인드만 바꾸는 해결책이었지만 환하게 웃는 그녀를 보니 마음이 약해져서 좋은 생각이라며 맞장구쳤다. 우리는 어느새 그녀를 도와 전구도 달고 풍선도 불고 있었다.

해가 완전히 저물어 어둠이 찾아오고 파티를 정말 하는 건가 싶을 때쯤 그녀의 남편이 들어왔다. 아내가 자신의 생일 잊은 줄 알고 심통이 나 있던 그는 집으로 들어오자마자 감격했고, 뒤따라 들어오던 친구들에 둘러싸여 격렬하게 생일 축하를 받았다. 우리는 이름조차 모르는 그에게 다가가 생일 축하한다고 말했다. 그도 우리가 누군지 모르면서 눈물을 그렁그렁한 채 고맙다며 꽉 끌어안았다. 포르투의 생일 파티는 한국의 생일 파티와는 크게 달랐다. 일단 손님이 본인이 먹을 고기를 한 덩어리씩 사 와서 아기 욕조 수준으로 큰 바구니에 모조리 쏟아부었다. 고기를 굽는 바비큐 장비는 형편없었다. 불의 화력이 양초 수준으로 약해서 고기 한 덩어리 굽는 데 20분은 걸렸다.

고기를 기다리다 지친 나는 소파에 앉아 사람들을 구경했다. 할머니 할아버지도 있고 젊은 사람들도 있었다. 얼굴도 모르는 사람의 생일 파티에서는 어떻게 있어야 할지 감을 잡기 위해 그

들이 노는 모습을 지켜보았다. 그들은 서로 통성명을 하고 짤막한 소개를 주고받았다. 알아서 핑거 푸드를 집어 먹고 냉장고에서 와인을 꺼내 마시는 등 자기 마음대로 파티를 즐겼다. '생일' 파티라는 느낌보다 생일 '파티'에 중점을 두는 것 같았다.

'뭐야, 이런 거였어? 그냥 알아서 놀면 되는 거야?'

그때부터 나도 그곳에 있는 음식과 술을 즐기며 모르는 이와 이야기를 주고받았다. 긴장된 마음이 풀려서였는지, 술이 들어가서였는지 어느새 사람들과 어울려 놀기 시작했다. 왕창 취한 소피아는 나를 데리고 다니며 "내 조카랑 똑같이 생기지 않았어? 한국에서 온 내 손님이야~"라고 말했고, 알딸딸해진 나도 "안녕? 난 소피아 조카야!" 하면서 장난쳤다. 호탕한 소피아는 누가 접시를 깨뜨려도 "누군가 접시를 깨뜨렸어! 축하해!" 하고 외쳤다. 재밌고 유쾌한 사람들이었다. 밤새도록 함께 놀 자신이 있었다. 그녀가 대마초를 피우기 전까지 말이다.

"너도 피울래?"

그녀의 한마디에 정신이 번쩍 들었다. 웃으면서 사양하고

2층 방으로 들어갔다. 아무리 술에 취하고 즐거워도 돌이킬 수 없는 행동을 하면 안 됐다. 그래도 생일 파티는 정말 즐거웠다. 처음 보는 이를 초대하는 소피아의 엉뚱함과 호탕함이 사랑스러웠다. 다음 날 숙취로 하루 종일 방에 처박혀 있었지만, 이 글을 쓰면서 다시 한 번 그녀가 보고 싶어진다.

소피아, 파티에 초대해 주어서 고마워. 네가 초대한 파티는 너를 닮아 유쾌하고 정감이 넘쳤어. 절대 잊지 못할 거야. 그런데 너와 네 남편의 행복한 날들을 위해 대마초는 끊는 게 어때?

태
국

친정 같은 나라

"태국에 꿀 발라 놨어? 왜 그렇게 맨날 가?"

태국으로 가는 비행기를 결제하고 짐을 싸고 있는데 친구가 물었다. 생각해 보니 여행을 다니기 시작한 지 6년인데 태국만 벌써 6번 갔다. 그런데도 나에게 태국은 앞으로도 매년 놀러 갈 나라다.

"도대체 태국이 어떤 나라길래 그렇게 푹 빠진 거야?"

태국은 내가 사랑하는 나라다. 연인 사이의 사랑이 아니라 부모 자식 같은 사랑이다. 태국은 엄마 집에 가는 것 같은 기분이 든다. 원래 해외여행을 갈 때면 설렘과 조급함이 뒤섞인 묘한 감정이 들 때가 대부분이었다. '가고 싶은 곳에 못 가면 어떡하지?' '길을 잃으면 어떡하지?' '이건 꼭 먹어야 한다던데 먹을 수 있겠지?' 같은 생각들이 하루 종일 머릿속을 뛰어다니며 붕붕 들뜨게 했다. 그런데 태국은 이런 고민들이 전혀 안 생겼다. 내가 아는 모습으로 늘 그 자리를 지키고 있을 것이라는 믿음 때문이었다. 그때 갔던 브런치 가게에서 늘 먹던 메뉴를 시킬 것이다. 망고 스무디도 엄청 많이 먹어야겠다. 아니야, 이번엔 아보카도 바나나를 먹어야지. 매번 길바닥에서 잠자던 강아지들 간식도 챙겨야겠다. 도착하자마자 2층 마사지 숍에서 마사지를 받고 잘 것이다.

"가서 뭐 하는데?"
"쉬러 가지."
"너 맨날 여행하면서 쉬잖아."
"나도 카메라 좀 내려놓고 여행 좀 하자!"

여행 유튜버라는 사실을 아는 사람들은 하나같이 이렇게 말한다. "여행하면서 돈도 벌고 좋겠어요!" 여행하면서 돈을 버는 건 사실이다. 하지만 결코 쉽거나 편하지는 않다. 여행을 하면서도 늘 무거운 카메라와 노트북을 가지고 다녀야 하고, 약속한 시간에 맞춰 영상을 올리기 위해 하루 절반이 넘는 시간 동안 편집 프로그램만 들여다보고 있어야 한다. 인터넷 속도가 어마어마하게 느린 나라에 가면 전전긍긍하며 밤낮을 꼬박 새웠으며 행여나 프로그램 문제 때문에 작업물이 다 날아가면 '그냥 죽어버릴까'라는 생각이 드는 나날의 반복이었다.

여행하는 도중에도 마찬가지다. 기가 막히게 예쁜 순간이 나타나면 내 눈이 아니라 카메라 렌즈를 먼저 찾았다. 그러다 실수로 그날 찍은 영상들을 지워 버리기라도 하면 다음 날 모든 계획을 취소하고 재촬영을 했다. 여행의 즐겁고 아름다운 순간을 사람들에게 공유하는 것이 나의 꿈이었다. 많은 사랑과 관심을 받고 그에 보답하기 위해 스스로 선택한 유튜버의 길이다. 그러나 일을 하기 위해 여행을 가면 온전히 즐기지는 못한다. 그랬던 나에게 태국은 친정집처럼 편하게 다가왔다.

태국에 도착하면 에어컨을 끄고 창문을 통해 들어오는 후덥지근한 공기를 느끼며 못 잤던 잠을 몰아서 잤다. 창밖으로 과

일 장수의 태국어가 들리면 얇은 민소매만 입고 슬리퍼를 질질 끌며 내려가 100퍼센트 생망고 주스를 마셨다. 잎사귀가 우산처럼 큰 나무 밑에 앉아 멍을 때리기도 했다. 툭툭이(오토바이 마차)를 불러 아주 멀리 있는 수영장에 가도 1만 원 이상 나오지 않았다. 혼자 새벽에 길을 걸어도 전혀 걱정되지 않았으며 처음 보는 사람에게 "안녕!" 하고 인사하면 상대도 반갑게 "안녕!" 하며 답인사를 해 줬다.

타지에서 하루 종일 시달리고 녹초가 된 직장인이 오랜만에 본가에 내려간 것처럼 태국은 지친 나의 여행력을 끌어올려 주는 느낌이 들었다. 힘들었지? 어서 와. 뭐 먹고 싶은 거 있어? 그냥 하루 종일 잘래? 여기에서는 일도, 돈도, 사람과의 관계도 아무것도 신경 쓰지 마렴.

이런 태국을 어떻게 안 갈 수 있을까. 상황만 나아지면 바로 달려가고 싶다.

편견 없는 태국 사람들

태국은 늘 자상하고 따뜻한 나라였지만 가끔 번개처럼 가슴을 번쩍 스치고 지나가는 순간도 있었다. 친해진 태국인 친구와 함께 시장에 있는 길거리 음식점에서 똠얌꿍을 시켰을 때였다. 음식이 나올 때까지 넋을 놓고 앉아 있었는데 길 건너편에 서 있는 여자가 눈에 들어왔다. 친구는 내 시선을 따라 그녀를 바라보더니 저 사람이 이 동네에서 유명한 사람이라고 말했다. 뭐로 유명한지 물어보려는 순간 그녀가 아는 사람을 만났는지 활짝 웃으며 큰소리로 인사를 했다. 굵고 선이 진한 목소리였다. 목소리를 듣고 나는 깨달았다. 그녀는 트랜스젠더였다.

"혹시 그녀가 남자였었어?"
"응!"
"이 동네에서 유명한 이유가 트랜스젠더라서 유명한 거야?"
"아니? 아름다워서 유명한 건데?"

그 말을 듣는 순간 가슴에 번개가 내려친 것처럼 찌릿했다. 예상하지 못한 답변이었다. 당시에 나는 트랜스젠더를 처음 봐서 생소했었다. 그 어떤 것도 아무 문제가 되지 않는다는 친구의 답변에 놀란 건 사실이었다. 전 세계를 돌아다니며 여러 사람들을 만났기에 누구보다 열린 마음을 가졌다고 생각했는데, 부족함을 느껴 부끄러웠다. 태국에는 트렌스젠더가 굉장히 많았다. 내가 만난 그들은 자신이 트렌스젠더인 것을 숨기지 않았다. 아무렇지 않게 행동하였고, 주변 사람들도 아무렇지 않게 대했다.

똠얌꿍을 먹고 야시장에 갔다. 야시장의 어느 가게에서 열쇠고리를 팔고 있었다. 원숭이 인형이 달린 열쇠고리가 세 종류 있었다. 가슴이 달린 여자 원숭이, 남자 성기가 달린 남자 원숭이, 그리고 둘 다 달린 원숭이었다. 이때 느낀 기분은 말로 표현하기 어렵다. 세상이 모든 것과 더불어 함께 돌아가고 있음을 느꼈다. 우물 밖으로 나온 개구리의 기분이 된 것 같았다. 태국 덕분에 나는 다양성을 알게 되고 모든 존재를 존중하게 되었다.

태국

현지에서
진짜 친구 사귀기

누군가 나에게 추구하는 여행이 뭐냐고 물어보면 단숨에 "스며드는 여행이요."라고 대답한다. 수박 겉핥기식으로 랜드마크를 방문해서 인증샷 몇 번 찍고 끝내는 여행보다 그 나라 사람들이 노는 방식으로 놀고, 즐겨 먹는 음식을 따라 먹는 것을 좋아한다. 이런 여행을 할 수 있는 가장 빠른 방법이 하나 있다. 바로 현지인 친구를 사귀는 것이다.

"이따 같이 술 마실래?"

어느 한 곳에서 오래 머물면 마음 맞는 친구 한 명 정도는 생기기 마련이다. 태국의 치앙마이가 그랬다. 너무 좋아서 자주 가기도 했고, 한 번 가면 꽤 오래 머물렀던 곳이기에 현지인 친구 하나 생기는 건 당연했다. 치앙마이에서 친해진 친구가 있다. 그의 정확한 이름도, 나이도, 살고 있는 집도 몰랐다. 알고 있는 건 이름이 '색'이라는 것과 본인 소유의 카페나 가게가 몇 개 있다는 것, 그래쓰가 태국에서 학교를 다니던 시절에 건너 알던 사이라는 것이었다. 그는 이상하게도 내가 힙한 카페, 식당, 마사지숍을 찾아 방문할 때마다 이미 와서 즐기고 있었다. 그렇게 몇 번 어울려 놀다가 태국에 가면 꼭 만나서 노는 사이가 되었다.

나는 그와 노는 게 엄청 좋았다. 그는 만능 해결사였다. 평화와 자유로움의 대명사 태국도 문제가 하나 있었다. 태국은 밤 12시가 되면 술을 살 수가 없다. 모든 마트와 24시 편의점의 술 판매대의 셔터가 내려간다. 가게에서도 술을 팔지 않는다. 진정한 알코올의 시간은 밤 12시 이후라고 생각하는 나에게 태국의 금주령은 청천벽력 같은 소식이었다. 색과 놀기 전까지는 그랬다. 처음 색과 술을 마셨을 때 일이다. 그래쓰, 색과 함께 가볍게 한잔하자며 와인바에서 술을 마셨는데, 한 잔으로 끝낼 수 없는 분위기가 되어 버렸다. 하지만 벌써 금주령의 시간이 다가왔다. 시무룩해져 있는 우리에게 색이 차 키를 흔들어 보였다.

"안 타고 뭐 해?"
"술도 못 사는데 어디 가?"
"나의 게스트하우스로!"

게스트하우스에는 판매용으로 보이는 술이 가득했고, 조식 먹는 손님을 위한 얼음도 잔뜩 있었다. 그는 놀란 우리를 데리고 옥상으로 갔다. 인조 잔디가 깔린 푹신한 바닥에 소파와 쿠션들로 예쁘게 꾸며져 있는 모습이 영락없이 비밀 아지트 느낌이었다.

"색, 네가 내 친구라서 정말 기뻐!"
"별말씀을."

진심이었다. 그가 아니면 태국에서 어떻게 밤새 술을 마실 수 있을까. 그것도 제일 태국스러운 곳에서. 옥상에서 풀벌레 소리가 들리고, 저 멀리서 개 짖는 소리가 들렸다. 노란 달이 맥주를 더 노랗게 비췄다. 후텁지근한 공기가 피부를 간지럽힐

때쯤 어디선가 서늘한 바람이 불어와 이마의 땀을 훔쳐 갔다. 술이 어느 정도 들어가서 알딸딸해질 때쯤 색이 어디선가 주섬 주섬 기타를 연주했는데 놀랍게도 한국 가수 '검정치마'의 노래였다.

"어! 이 노래 한국 노래잖아!"
"응. 한국 노래야."
"내가 좋아하는 노래인데!"

태국인인 그가 한국 가수의 잔잔한 노래를 알고 있다는 것과 하필 내가 좋아하는 노래라는 것이 놀라웠다. 노래를 듣고 있는 장소마저 완벽해서 소름이 끼칠 정도였다. 얼마나 좋았는지 나와 그래쓰는 밑 빠진 독에 물 붓는 수준으로 술을 들이켰다. 그리고 다음 날, 아무것도 기억나지 않는 상태로 게스트하우스 손님방에서 눈을 떴다.

매스꺼움에 헛구역질을 하며 방문을 열자 경멸의 눈초리를 한 색이 있었다. 그는 우리가 갑자기 토하는 바람에 맨손으로 받은 것부터 시작해서 울다 웃기를 반복하고, 편의점에서 8만 원 치 안주를 산 것까지 우리의 행패를 자세히 읊어 줬다. 그는

두 번 다시 너희와 술을 먹지 않겠다고 으름장을 놓았다. 그렇게 이틀 뒤 한 통의 메시지가 왔다.

[이따 같이 술 마실래?]

3장
다시
한국

세상과 나의 슬럼프

2020년, 전 세계에 무시무시한 역병 코로나19가 돌기 시작했다. 대부분의 비행기가 운항을 중단했을 때 솔직한 마음으로 이제 조금 쉴 수 있겠다는 생각에 안도했다. 계속되는 여행에 슬슬 지쳤었다. 여행이 업이 되면서 여행지에서 있었던 에피소드들을 사람들에게 보여 주는 일들은 분명 즐거웠다. 그러나 어느 순간 점점 숨통이 조여 왔다. 여행이 즐겁지 않았다. 여행 가방을 싸는 게 설레지 않았다. 비행기 표를 끊는 순간이 지하철 요금을 결제하는 것과 다를 바가 없었다. 그렇게 즐거웠던 '자유'가 어느 순간 기댈 곳 없이 평생 떠도는 '외로움'으로 변해 있었다. 벨기에 브뤼셀에 있었을 때 일이다. 가려던 카페는 문이 닫혀 있었고, 가려던 식당은 브레이크 타임이었다. 갑자기 쏟아지는 비를 피해 근처 카페로 피신했다. 카페에서 뜨거운 커피가 차게 식을 때까지 고민에 빠졌다. 내가 왜 여행을 가야 하지?

그리고 그때쯤 코로나19가 시작됐다. 잠깐 스쳐 지나가겠지, 한두 달 지나면 잠잠해지겠지 싶었던 고난은 생각보다 오래갔고 결국 여행을 못 가는 상황이 됐다. 그런데 이게 웬걸? 브뤼셀에서 나를 괴롭히던 고민이 한국에서도 계속되었다. 여행이 문제가 아니었다. 내가 문제였다. 모든 게 싫어져서 집에 틀어박혀 나가지 않았다. 그렇게 사람들을 만나지 않은 채 하루하루 목표 없이 침대에 가만히 누워 배달 음식만 잔뜩 시켜 먹고 잠만 잤다. 여행에 지칠 때마다 간절히 원했던 생활이었기에 이러다 곧 나아질 줄 알았다. 하지만 전혀 아니었다. 거울에 비친 내 모습이 한심해서 아무도 만나지 않았다. 점점 시간 개념을 잃어갔다. 쌓이는 배달 음식 쓰레기에서 초파리가 꼬였다.

번아웃. 지금 생각해 보면 나는 심각한 번아웃에 빠졌던 것 같다. 동화처럼 알록달록하고 예쁜 외국 마을에서 사람들을 만나고, 맛있는 음식들을 즐기기 위해 떠난 여행이었다. 멋모르고 시작한 유튜브였지만 믿을 수 없을 만큼 과분한 사랑과 관심을 받아 쉬지 않고 5년을 달려왔다.

5년 동안 한국보다 외국에 더 많이 나가 있던 나에게 번아웃이 찾아오는 건 당연한 일이었다. 하지만 당시에는 내가 어떤 상황인지 전혀 인지하지 못했고, 어떻게 벗어나야 할지 방법도 몰랐다. 아무도 만나고 싶지 않았는데 그렇다고 아무도 안 만나는 내가 싫었다. 도대체 왜 이러지? 왜 이렇게 한심하게 사는 거지? 해답 없는 질문만 끌어안고 끙끙대며 앓다가 허벅지에 두드러기가 돋았다. 두드러기는 순식간에 온 다리에 퍼져 나가며 쓰라린 통증과 고열 증상으로 나타났다.

"환자분 면역력이 떨어져서 그래요."

"면역력이요?"

"최근에 갑작스럽게 노동을 했다거나 몸에 무리가 가는 행동을 하셨나요?"

스트레스를 받는 일이나 몸에 무리가 가는 일은 절대 하지 말라고 했다. 저 지금 아무것도 안 하는데요? 노동은커녕 하루 종일 집에만 있었는데 무슨 일인지 알 수 없었다. 납득할 수 없는 처방을 받은 날, 한동안 보지 않았던 여락이들의 여행 영상을 하나하나 다시 보기 시작했다. 최근 것부터 오래전 나와 그래쓰가 떠났던 첫 여행인 멜버른 영상까지.

영상을 다 보고 난 뒤 일상에서 일탈을 시도했다. 집에서 멀리 떨어진 카페를 찾아가고, 멀리 사는 친구 집에 느닷없이 들이닥치기도 했다. 그때마다 무기력함에서 잠시 벗어날 수는 있었지만 오래가지는 못했다. 평범한 일탈 정도로는 번아웃에서 벗어날 수 없었다. 아무리 생각해도 이렇게 사는 건 아니라는 생각이 들었다. 어디로든 떠나자. 내 방만 아니면 어디든 좋아. 어느새 나는 도피성 여행 가방을 다시 싸기 시작했다.

걱정의 무게

　　그래쓰와 국토대장정을 떠나기로 했다. 갑자기 나온 이야기였지만 멜버른으로 도피 여행을 떠났을 때처럼 일사천리로 진행되었다.

　"서울에서 부산까지 걸어가자."
　"좋아. 계획은 세우지 말자."
　"그래. 세워 봤자 계획대로 안 되니까."

　오랜만에 짐을 챙기려니 낯설었다. 예전이었으면 10분 만에

다 챙겼을 텐데 계획 없이 국내를 떠난 적이 없어 뭘 싸야 할지 감이 안 왔다. 감을 잃은 대신 걱정이 늘었다. 옷은 몇 개나 가져가야 하는 거지? 세면도구도 챙겨야 하나? 보조 배터리도 가져가야 하나? 하지만 여기는 없는 게 없는 한국인걸? 언제든 다 구할 수 있을 텐데 다 가져갈 필요가 있을까 고민하다가 혹시나 하는 마음으로 각종 비상약, 손풍기, 옷가지, 보조 배터리를 챙겼다. 배낭의 무게에 화들짝 놀라 다시 한 번 가방 속을 뒤집었지만 다 필요한 물건이었다. 결국 무엇 하나 버리지 못한 채 낑낑거리며 커다란 배낭을 메고 약속 장소로 향했다. 고작 몇 정거장을 걸었을 뿐인데 벌써 지쳐 버렸다.

'내가 왜 국토대장정을 한다고 했지? 그냥 지금이라도 관둘까? 하지만 관두면 뭐 할 건데? 다시 방에 들어갈 거야?'

머릿속으로 관둘까 말까 고민하는 동안 그래쓰를 만났다. 오늘 걸어갈 목표 지역을 정하고 무작정 걷기 시작했다. 걷는 동안 온갖 잡생각이 떠올랐다. 슬리퍼를 신고 걷던 발바닥이 저릿저릿 아파 왔다. 발톱에 예쁘게 칠한 매니큐어는 흙먼지를 뒤집어쓰고 있었다. 처음 느끼는 아픔은 아니었다. 원래 여행을 다닐 때마다 슬리퍼를 신고 발바닥이 저릴 만큼 걸어 다녔었다.

발바닥뿐 아니라 어깨도 아팠다. 예전에는 지금의 두세 배나 되는 가방도 잘 메고 다녔다. 그땐 어떻게 그럴 수 있었지? 나는 왜 그렇게 여행 가는 걸 좋아했을까. 사진 속의 나는 시커멓게 타고 먼지를 뒤집어쓰고도 왜 그렇게 환하게 웃고 있을까.

해외를 누비던 시절, 한국에 있기에 나는 너무 큰 사람이라고 큰소리치던 때가 떠올랐다. 구글 지도에 찍힌 수많은 별표를 보며 이렇게 많은 곳을 다녀왔다는 것에 뿌듯해했고, 어느 모임에서 여행 꽤나 다닌 사람을 만나면 마치 대결이라도 하듯 다녀온 나라를 자랑하기 바빴다. 그런데 지금은 한국은커녕 서울을 벗어나는 것만으로도 힘이 들었다.

여행을 떠나야 하는 이유를 잃어버렸다. 나도 내가 왜 여행을 가야 하는지 모르겠다. 예전에는 매번 이유를 그럴싸하게 만들었던 것 같은데 지금은 전혀 모르겠다. 현실이 너무 싫어서 벗어나고만 싶었다. 하지만 어디로 가야 할지 감이 잡히지 않았다. 억지로 한 발 한 발 내딛는 몸이 무거웠다. 가방 때문인지, 잡생각 때문인지 도통 알 수 없었다. 22살의 나로 돌아가 그토록 힘들어하던 주방 한가운데에 서 있는 것만 같았다.

정선에서 만난
괴짜 사장님

그렇게 정처 없이 걷다 저녁이 될 무렵 정선에 도착했다. 도착해서야 정확한 숙소 위치를 확인했다. 어디에 있는지, 어떤 숙소인지 전혀 알아보지 않고 아무데나 저렴한 곳으로 예약을 했었다. 숙소는 산속에 있었다. 아무리 지도를 껐다 켜 봐도 우리가 예약한 숙소는 산 한가운데에 있었다. 산속이라 그런지 길이 제대로 표시되어 있지 않았고, 엎친 데 덮친 격으로 땅거미가 지고 있었다. 때맞춰 숙소 사장님으로부터 전화가 왔다.

"게스트하우스인데요. 오늘 오신다고 했는데 아직 안 오셔서
전화했어요."

"지금 가는 중이에요!"

"어디신데요?"

"이제 산 오르려고요."

"지금요?"

숙소 사장님은 산속이라 금방 어두워져서 무조건 길을 잃는
다며 데리러 가겠다고 했다. 산 입구에 주저앉아 30분 정도 기
다렸을까. 다 부서져 가는 지프가 털털거리면서 다가왔다. '설
마 저 차야?'라는 생각을 하기 무섭게 운전석에서 말문이 막힐
정도로 예상치 못한 용모를 가진 사람이 내렸다. 티셔츠는 여기
저기 구멍이 뚫려 있고, 바지는 무릎이 늘어날 대로 늘어나 있
었다. 신발은 원래 무슨 색이었는지 가늠되지 않았고, 질끈 묶
은 긴 머리카락은 빳빳해 보였다. 손목과 목에는 무엇인지 모를
장신구들이 주렁주렁 달려 있었다. 그가 다 부서져 가는 지프의
뒷좌석 문을 열어 줬다. 뒷자석에는 어디로 갔는지 의자는 하나
도 없었고 대신 진흙이 말라붙은 상자와 검은 비닐들이 가득했
다. 느리고 잔잔했던 국토대장정에 처음 맞닥뜨린 신기한 상황
이었기에 우리는 어리둥절해하며 웅크리고 앉았다.

"길이 좀 험해요."

"네?"

사장님은 의미심장한 한마디를 던지고 묵묵히 운전하기 시작했다. 달리자마자 차가 왜 이렇게 박살이 났는지 알 수 있었다. 산길은 도로라고 하기도 민망할 만큼 험한 비포장도로였다. 어찌나 길이 험한지 웅크리고 앉았는데도 머리가 천장에 부딪혔다. 으악 소리가 절로 나왔지만 입을 열었다가는 혀를 씹을 것 같아 필사적으로 입을 꽉 앙다물었다. 안전벨트를 찾아보려 했지만 헛수고였다. 그런 건 애초에 없었다. 불현듯 인도가 생각났다. 그래 거기도 안전벨트 같은 건 없었다. 그래도 인도에서 탄 지프에서는 이렇게 느닷없이 물벼락을 맞지는 않았는데. 응? 물벼락?

웅크리고 앉은 바닥에서 자꾸 물이 튀었다. 의아한 마음에 상자와 검은 비닐봉지들을 한쪽으로 치웠다. 한때는 튼튼했을 뒷좌석 바닥은 군데군데 부식되어 구멍이 숭숭 나 있었다. 상자와 비닐봉지가 왜 깔려 있는지 납득이 갔다. 구멍 사이로 계곡물이 힘차게 들어왔다. 그제야 우리가 계곡을 건너고 있다는 사실을 알아차렸다. 심장이 쿵쿵 뛰었다.

해내야지 말고,
하고 싶다는 마음

지프를 타고 얼마나 달렸을까. 갑자기 나타난 하얀 강아지가 차 뒤를 쫄래쫄래 쫓아왔다.

"강아지다!"
"제 친구예요."
"친구요?"
"네. 놀다가 지금 들어오나 보네."

그때 처음으로 숙소 사장님에게 경악 외에 다른 감정이 들었

다. 동물을 사랑하는 사람이 나쁜 사람일 리 없다. 강아지는 사
장님을 보자 엄청나게 반겼다. 한두 번 다닌 길이 아니라는 듯
능숙하게 요리조리 잘 따라오던 강아지는 어느 순간 시야에서
사라졌다가 우리가 지프에서 내릴 때 다시 나타났다. 땅거미가
지자 밤안개가 스멀스멀 피어올랐다. 존재감을 내뿜으며 자리
잡은 지붕 낮은 초가집과 그 앞을 지키고 서 있는 하얀 강아지.
내가 마주한 산속 게스트하우스의 첫인상이었다.

사장님은 우리를 어느 방으로 안내했다. 조선 시대에서나 볼

법한 문에는 '티벳'이라는 글자가 큼지막하게 적혀 있었다. 맨 땅바닥 위에 침대를 놓고 지붕을 세워 비만 피할 수 있게 만들어 놓은 방이었다. 문을 열자마자 벌레들이 재빠르게 흩어졌지만, 놀랍게도 나는 그곳이 마음에 들었다.

"아직 저녁 식사 안 했죠?"

사장님은 딱히 대답을 원한 건 아니라는 듯 바로 주방으로 들어가 삼겹살을 들고 마당으로 나왔다. "어디서 구워 먹어요?"라고 물어보자 마당 구석에 있던 넓적한 바위를 가리켰다. 마음에 들었다. 사방팔방 널브러진 나뭇가지들을 긁어모아 불을 지폈다. 작은 고인돌 모양의 바위에서 삼겹살이 구워졌다. "막걸리 좀 드셔."라고 권하는 척하며 혼자 다 마시는 사장님과 묘한 초가집, 나에게 관심이라고는 쥐뿔도 없는 강아지와 불꽃에 맞춰 이쪽저쪽으로 일렁이는 그림자를 보니 무슨 말을 해도 괜찮을 것 같았다.

"사장님은 왜 이런 곳에서 사세요?"
"여기가 뭐 어때서?"
"불편하잖아요."

"나는 불편한 게 좋아."

"불편한 게 왜 좋아요?"

"안 불편하려면 무조건 해내야 하잖아. 그것도 빨리."

"…."

"넌 그게 좋아?"

말문이 막혔다. 그런데 머릿속은 뻥 하고 뚫렸다. 그동안 나를 답답하게 만들었던 무언가가 쑥 내려가는 기분이었다. 나는 왜 무조건 해내려고만 했을까. 왜 뭐든지 해결 방안을 찾으려고 했을까.

그래쓰와 도망치듯 떠났던 멜버른이 떠올랐다. 멜버른에는 나름 유명한 야외 온천이 있었다. 문제는 온천까지 도보로 갈 수 있는 경로가 없었다. 그러나 꼭 야외 온천에서 별을 보겠다는 마음으로 무작정 길을 떠났다. 당연하게도 길을 잃었다. 오밤중에 차도 안 다니는 도로에서 길을 잃었다. 초보 여행자 둘이 온갖 쇼를 하면서 히치하이킹을 해서 겨우겨우 온천에 도착했다. 생각보다 별은 잘 보이지 않았고, 온천물은 미적지근했다. 몇 년이 지난 지금도 그때만 생각하면 웃음이 나온다. 나는 온천보다 온천까지 가는 모든 과정이 좋았다.

그래. 나는 그래서 여행이 좋았다. 여행지가 좋은 게 아니라, 여행지에서 겪는 모든 과정이 좋았다.

Korea

내 여행인데 뭐 어때

산신령처럼 내게 깨우침을 준 사장님이 내려 준 모
닝커피를 마시고 다시 길을 떠났다. 발걸음이 사뭇 가벼워졌다.
어디까지 가야 한다는 압박감이 사라져서였다. 혹시나 하고 챙
겼던 짐들을 죄다 버린 것도 한몫했다. 일주일 동안 한 번도 쓰
지 않은 짐들은 앞으로도 쓰지 않을 확률이 높았다. 아직 일어
나지도 않은 일을 미리 걱정하는 건 쓸데없는 체력 낭비였다.

그렇게 다시 걷고 걸어 도착한 곳은 삼척이었다. 삼척에 도착
하자마자 바다 내음이 코끝을 찔렀다. 얼마 만에 맡아보는 바다

냄새인가! 몇 날 며칠 내내 산만 타고 다녔더니 바다가 그리웠다. 바다를 좋아하는 우리는 바닷가 근처 숙소를 4일 연속으로 잡았다.

오랜만에 통화한 엄마는 그런 속도로 완주할 수 있겠냐고 물었다. 완주해도 그만, 안 해도 그만이라고 대답했다. 말하면서 잠시 뜨끔했지만, 이내 '내 여행인데 뭐 어때'라고 생각했다. '해야 한다'보다 '하고 싶다'는 마음으로 여행하길 바랐기에 단호하게 내린 결정이었다. 우리는 삼척에서 정말 하고 싶은 대로 하면서 지냈다. 예쁜 바다보다 사람이 별로 없고 한적한 바다를 선택해 마음껏 휘젓고 다녔다. 국내 바다에 이렇게 깊게 들어간 적은 처음이었다. 이집트에서 프리다이빙을 배운 덕분이었다. 해외의 깨끗한 바다를 들락날락해 본 사람으로서 국내 바다는 그렇게 맑은 편은 아니다. 하지만 국내 바다는 특별한 무언가가 있었다.

"이거 먹어도 되는 건지 봐 주세요!"

삼척 바다에는 어디서 많이 본 해산물이 심심치 않게 숨어 있었다. 그냥 지나칠 수 없었던 우리는 뭐가 뭔지도 모르면서 이것저것 주워 날랐다. 그곳이 우리의 놀이터였다. 여섯 살 어린이처럼 모든 게 신기하고 별것도 아닌 것에 웃음이 터져 나왔다. 삼척에 도착한 첫날부터 낮이고 밤이고 뻔질나게 놀러 간 덕에 바다를 관리하시는 아저씨와 친해졌다. 친해진 후부터 아저씨는 매번 우리가 들고 오는 해산물들을 먹을 수 있는지 없는지 검사해 주셨다.

"이것도 못 먹고, 저것도 못 먹어. 어째 너희는 죄다 못 먹는 거만 가져오냐?"

아저씨가 퇴짜를 놓으면 곧장 바다로 달려가 캐 온 것들을 도로 쏟아부었다. 그리고 다시 바다에 들어가 한 움큼 들고 아저씨에게 달려갔다. 여전히 퇴짜 맞았지만 시시껄렁한 농담을 주고받고 바다를 들락거리는 자체가 즐거웠다. 얼굴에서 소금기와 웃음기가 떠날 날이 없었다. 어쩌다 통과될 때도 있었다. 그런 날에는 헐레벌떡 숙소에 가서 캐 온 것들을 넣어 라면을 끓였다. 해감이 잘 되지 않아 간혹 어석어석 모래가 씹혔지만 라면은 기막히게 맛있었다. 마루에 누워 배를 두들기면 지상 낙원이 따로 없었다.

저녁이 되면 숙소 사장님이 곳곳에 모기향을 피웠다. 여기저기서 풀벌레가 찌르륵 하고 울었다. 숙소에서 키우는 5개월 된 까만 강아지는 어둠보다 더 까만 눈동자를 반짝거리며 풀벌레들을 찾아다녔다. 더위를 피해 슬금슬금 마루로 나와 30분 정도 누워 있으면 그래쓰가 상황에 딱 맞는 노래를 틀었다. 대부분 우리가 해외여행할 때 들었던 노래였는데 노래만 들으면 영화라도 틀은 듯 여행 장면들이 생생하게 기억났다.

"이거 쿠바에서 들었던 노래 아니야? 기억나지?"

"당연하지! 그 길을 어떻게 잊겠어."

"이 노래는 듣기만 해도 마음이 차분해지는 게 쿠바가 아니라 이집트 다합 가는 버스에서 들었어야 했어."

"뭐래~ 그 버스에서는 뭘 들어도 차분해질 수 없었어."

"하긴 그냥 자는 게 답이었지."

시간이 지남에 따라 사라져 버릴 줄 알았던 추억들이 지금 내가 있는 공간을 가득 채웠다. 이 순간도 훗날 또 다른 공간을 채우게 되겠지.

내가 여행하는 법

　　부산까지 가겠다며 호기롭게 출발했던 국토대장정은 결론부터 말하자면 완주하지 못했다. 비 오는 날, 경주로 가는 산길에서 아득바득 자전거를 타다가 아차 싶은 순간 쿠당탕 소리와 함께 산비탈 아래로 굴러떨어졌다. 정신을 차리니 왼쪽 무릎에서 피가 흐르고 있었다. 가벼운 타박상이겠거니 했던 상처는 날이 갈수록 부어올랐다. 결국 예상보다 5일이나 일찍 집으로 돌아오게 되었다.

　"집이다!"

떠나기 전에는 늪지대같이 느껴지던 집이 아늑하게 느껴졌다. 집은 하나도 변하지 않았다. 변한 건 나였다. 좁다고 느껴졌던 한국이 두 다리로 걷고 나니 무지막지하게 크다고 느껴졌다. 지루하기 그지없는 동네라고 생각했는데 카페에 앉아 아주머니들의 수다를 들어 보니 우리 동네도 사건 사고가 참 많았다. 최근에 책에서 '땅 멀미'라는 단어를 봤다. 매일 육지에 서 있다가 흔들리는 배에 타면 뱃멀미를 느끼는 것처럼 배를 오래 타던 사람이 배에 내리면 땅이 흔들리는 것처럼 땅 멀미를 느낀다고 한다. 뱃멀미를 하든 땅 멀미를 하든 멀미는 괴롭다.

어릴 때 나는 무엇을 해야 할지 몰라서 괴로워했다. 그래서 세상에 나가 많은 것들을 보고, 만나고, 느끼며 많이도 웃었다. 그러다 한동안은 끝없이 펼쳐진 세상에 혼자 남겨진 것 같아 외롭고 불안해했다. 이제는 다시 내 세상으로 돌아와 일상이 주는 것들의 안정감을 만끽하고 있다. 아마 나는 인생이라는 여행 속에서 어딘가로 나아가는 도중 멀미를 한 게 아닐까.

친구들이 내게 "너 언제까지 여행할 생각이야?"라고 물어보면 "인생이 여행이야!"라고 답하지는 못한다. 낯부끄러우니까. 하지만 세상 사람 모두 나처럼 언젠가 멀미를 느낄 것이다. 지금도 누군가는 뱃멀미를 앓을 것이고, 누군가는 땅 멀미를 앓을 것이다. 나는 멀미가 얼마나 무서운지 잘 알고 있다. 멀미는 방향성을 잃게 하고, 똑바로 서 있을 힘조차 잃어버리게 만든다. 그러나 멀미에서 벗어나는 방법도 알고 있다. 바로 멀미를 느끼는 자신에게서 벗어나는 것이다. 눈을 돌리고, 생각을 바꾸고, 몸을 뒤집어 다른 곳으로 온 신경을 돌려야 한다. 그 전환점이 바로 여행이다. 이국의 땅으로 가야만 여행인 것이 아니다. 짐을 싸서 떠나야만 여행인 것도 아니다. 지긋지긋한 현실에서 어디론가 잠시 떠나면 모든 게 여행이 될 수 있다. 산이 좋으면 산으로 가자. 그러다 산이 싫어지면 난 왜 산이 싫어졌을까, 어떻게 해야 다시 좋아질까 고뇌하지 말고 그냥 바다로 여행을 가면 된다.

나는 이렇게 간단한 이치를 몰라 한참을 괴로워했다. 여행에 푹 빠져 불나방처럼 달려들었다가 싫증이 나자 어떻게 해야 할지 몰라 고통스러워했다. 그러나 아이러니하게도 여행을 통해 다시 해결했다. 압박을 잠시 내려놓고 단순하게 즐기면 됐다. 여행을 하다 보면 사람에게 상처 받기도 하고 구원 받기도 한다. 음식을 먹으면 탈이 나기도 하고, 굶주림이 해결되기도 한다. 똑같은 프랑스 파리를 가도 예술과 낭만의 도시처럼 느껴지는 날이 있고, 여기저기 쥐의 똥오줌이 널린 더러운 도시처럼 느껴지는 날이 있다. 인생도 마찬가지다. 고작 20대 후반을 산 내가 '인생은 말이야' 하는 게 우습지만, 인생은 태어나자마자 시작된 긴 여행이라고 생각한다. 우리 모두 각자 인생의 유일한 여행자다. 인생이라는 여행을 즐기고, 배우고, 느끼다 보면 어느 순간 지겨워질 수 있다. 그건 여행자 잘못이 아니다. 여행지 잘못도 아니다. 그 누구의 잘못도 아니다.

떠난 길 위에서 다른 무언가를 만나 사는 게 다시 재밌어질 수도 있고, 원래의 것이 다시 좋아질 수도 있다. 그럼 우리는 다시 좋아하는 것을 하면서 살아가면 된다. 설레는 건 많을수록 좋으니까.

여락이들
영상 바로가기

01.
시베리아
횡단열차
7일간의 기록

02.
우여곡절 많았던
잊지 못할 쿠바

03.
충격과 반전의
인도 표류기

04.

사랑할 수밖에
없는 프랑스 파리

05.

눈 덮인 스위스,
따뜻한 핫초코

06.

배낭여행자의
무덤 이집트

07.
사랑하는 사람과
걷고 싶은
포르투갈

08.
짧았던 여름,
긴 여운 태국

09.
국토대장정,
번아웃
벗어 던지기

◎ 이 책에 사용된 일부 사진은 김수인 님, 최대성 님이 제공하였습니다.

설레는 건
많을수록 좋아

초판 1쇄	2021년 3월 29일
초판 7쇄	2021년 4월 10일

지은이	김옥선

발행인	유철상
기획	윤소담
책임편집	정예슬
편집	박다정, 정유진
디자인	조연경, 주인지
마케팅	조종삼, 윤소담

펴낸곳	상상출판
출판등록	2009년 9월 22일(제305-2010-02호)
주소	서울특별시 동대문구 왕산로28길 39, 1층(용두동, 상상출판 빌딩)
전화	02-963-9891
팩스	02-963-9892
전자우편	sangsang9892@gmail.com
홈페이지	www.esangsang.co.kr
블로그	blog.naver.com/sangsang_pub
인쇄	다라니
종이	㈜월드페이퍼

ISBN 979-11-90938-62-4 (03810)
ⓒ2021 김옥선